Kim Jiseok

1992년 이태리 페사로영화제에서

김쌤은 출장 중 3

김지석

부산국제영화제 x 호밀밭

일러두기

- 영화 제목은 되도록 부산국제영화제 상영 시 제명을 준수하도록 했으나 그 후 한국에 어떤 형태로든 공개적으로 릴리즈하여 새로운 제명이 붙은 경우에는 해당 제명을 따랐다. 한국에서 소개된 적 없는 영화의 경우 김지석 프로그래머의 번역에 따르거나 편집자들이 임의로 번역하였다.

- 영화, 다큐멘터리, 노래 등은 꺾쇠괄호(〈〉), 신문, 잡지, 저널 등은 이중꺾쇠괄호(《》), 책 제목은 겹낫표(『』)로 표기했다.

책머리에

2019년『김쌤은 출장 중』첫 권을 시작으로, 2020년『김쌤은 출장 중 2』에 이어, 올해『김쌤은 출장 중 3』을 출간함으로써, 김지석 프로그래머의 출장기가 대단원의 막을 내리게 되었습니다. 원래 2021년 출간 예정이었으나 팬데믹 등 여러 가지 사정으로 인해 미뤄졌는데, 올해 다큐멘터리 〈지석〉의 부산국제영화제 상영에 맞추어 〈김쌤은 출장 중〉의 마지막 편이 완성되었기 때문에 결과적으로 의미 있는 마무리가 되었다고 생각해 봅니다.

『김쌤은 출장 중』첫 권이 2009년부터 2017년까지,『김쌤은 출장 중 2』가 1996년부터 2002년까지를 다뤘다면, 마지막 편인『김쌤은 출장 중 3』은 2003년부터 2008년까지, 두 권 사이 공백의 기록을 담았습니다. 전편들과 마찬가지로 '핫무비'라는 제명으로 부산국제영화제 홈페이지에 게재한 글, 부산국제영화제 뉴스레터에 '김지석 프로그래머의 영화이야기'를 통해 남긴 글, '프로그래밍 일기'라는 제명으로 쓴 칼럼, 그리고《씨네21》,《국제신문》등에 기고한 글들을 최대한 모았습니다. 이로써 부산국제영화제가 시작된 1996년부터 타계하신 2017년까지 20년이 넘는 시간 동안 김지석 프로그래머의 출장 기록이 완성

5

되었습니다.

3권에는 규모 면에서나 내용 면에서 크게 성장하던 시기 부산국제영화제의 역동성이 담겨있습니다. 2005년 10회를 지나면서 영화제의 예산이 거의 두 배 가까이 늘어났고, 그해 아시아영화아카데미가 설립되었으며, 2006년 아시아필름마켓의 창설과 2007년 아시아영화펀드의 신설 등 영화제 안에서 크고 작은 변화들이 지속적으로 생겨났습니다. 그 시간 속에서 김지석 프로그래머는 직접 전 세계로 출장을 다니면서, 아시아영화아카데미 교장을 섭외하고 마켓을 홍보하기 위해 제작, 배급사 대표들과 미팅을 하고 아시아프로젝트마켓과 아시아영화펀드 프로젝트들을 초청하면서 영화제의 전반을 챙겼습니다. 그리고 미팅을 마치고 돌아오는 늦은 밤에는 산더미 같은 DVD를 받아 들고 '마지막 보석을 찾는 일'이 남았다고 즐거워했습니다. 우리 영화제 곳곳에 김지석 프로그래머의 손길이 미치지 않았던 곳이 없었다는 사실을 다시 한 번, 느끼게 됩니다.

그런 한편 김지석 프로그래머는 이 시기, 급변했던 아시아 각국의 영화산업에 대해서도 상세하게 기록했습니다. 정권교체를 비롯한 정치적 격변, 영화 지원 제도와 기구의 변화 등이 실제 영화 현장에 어떤 영향을 미쳤는지를 서술했고, 통계나 정책을 인용하여 각국 영화산업에 대한 분석과 전망을 내놓았습니다. 기성 감독들의 명멸은 물론 수많은 신인 감독들의 등장과 성장을 목격하고 그들의 영화에 대한 세심한 코멘터리들도 빠짐없이 남겼습니다. 그런 의미에서 이 책은, 2000년대 아시아영화사를 연구하기 위한 중요한 자료집이기도 합니다.

그러나 공적 출장의 기록들인 이 자료들은 무엇보다, 김지석 프로그래머가 어떤 사람이었는지를 보여주는 사적 도큐먼트이기도 합니다. 가택연금을 당한 자파르 파나히 감독의 집까지 굳이 찾아가고, 망명한 모흐센 마흐말바프 감독의 차기작을 애써 챙기고, 타계한 에드워드 양 감독의 가족을 만나는 김지석 프로그래머의 안타까운 마음, 주요 영화제뿐 아니라, 먼 타국 지역의 작은 다큐멘터리영화제와 독립영화제의 초청도 마다하지 않고 가서 진심을 다해 듣고 조언해주는 친구의 마음이 이 책 곳곳에 녹아 있습니다. 그런가 하면, 스크리닝한 영화가 재미없을 때 감독이 말을 걸까 노심초사하는 장면이나 오랜만의 맛있는 식사에 진심으로 기뻐하는 장면에서도, 그분의 성정이 느껴집니다.

그런 김지석 프로그래머의 공적이고 사적인 한 시간, 한 시간이 쌓여 벌써 세 권의 책이 만들어졌습니다. 이 책을 편집하는 동안 우리는 그의 시간과 영화제의 시간, 그리고 아시아영화의 시간과 세계영화의 시간이 만나고 겹치고 한 길이 되어 가는 것을 목격했습니다. 김지석 프로그래머가 떠났던 그 많은 출장이 어떤 의미였는지, 어떤 결과를 낳았는지 지금도 우리는 매일 되새기게 됩니다. 그래서 여전히 그의 시간과 오늘 우리의 시간은 한 길 위에 놓여 있습니다. 그가 아끼고 사랑했던, 그리고 그

를 아끼고 사랑했던 많은 아시아영화인들 역시 한 마음일 것이
라 생각합니다.

　　김지석 프로그래머가 출장에서 돌아오는 길에 구입하곤
했던 각국의 음악들, 이란의 록 뮤직 밴드와 중국의 얼후 연주자
와 일본의 일렉트로 팝 뮤지션의 음악들이 여전히 계속될 그의
출장길을 외롭지 않게 만들어 줄 것이라 믿습니다.

　　　　　　　　　　　　　　　　부산국제영화제 집행위원장
　　　　　　　　　　　　　　　　　　　　　　허문영

목차

2003

[핫무비] **칸에서 바라본 아시아영화 (1) - 태국영화**

올 칸국제영화제에는 단 한 편의 태국영화도 초청받지 못했다. 지난해에 아피찻퐁 위라세타쿤의 〈친애하는 당신〉과 펜엑 라타나루앙의 〈몬락 트랜지스터〉가 각각 '주목할만한 시선'과 '감독주간'에 초청되었던데 반해 외형적으로 초라해 보이기는 한다. 그러나 마켓의 경우는 사정이 다르다. 올해 마켓에는 태국영화협회의 스탠드와 태국영화 전문 배급사로 자리를 잡은 골든 네트워크(홍콩에 본사를 두고 있는 회사)의 스탠드가 자리를 잡았고, 마켓에서 상영된 태국영화들도 많은 관심을 불러 모았다.

최근 태국영화의 성장세는 제작 편수에서도 금방 파악이 되는데, 1999년의 7편에서 지난해에는 25편, 그리고 올해는 40편 이상의 작품이 만들어졌거나 기획되고 있다. 극장 수도 빠른 속도로 증가하고 있는데, 방콕의 경우만 해도 2001년의 247개관에서 올해는 300개관 이상으로 늘어날 것으로 전망된다. 자국영화의 시장영화 점유율도 인근의 국가들에 비해 상당히 높은 편이다. 아직 할리우드영화가 전체 시장의 72%를 차지하고 있기는 하지만, 태국영화는 21%의 시장점유율을 기록하고 있다. 올 1/4분기 태국영화시장에서의 흥행 탑 10에도 태국영화가 무려 4편이나 포진하고 있다(〈옹박〉, 〈철의 여인들 2〉, 〈판 록〉, 〈2월〉).

물론, 이러한 점유율에는 한계가 있다. 비록, 흥행 탑

15

10 중에 4편이 올라와 있기는 하지만, 수익 면에서는 그다지 성
공적이지 못했기 때문이다. 1/4분기에 개봉된 총 14편의 영화 중 수지를 맞춘 영화는 4편에 불과했다. 이는 지나치게 가볍고 모방이 심한 작품의 양산이 가져온 결과로 보인다. 이번에 마켓에 선보인 작품들도 한결같이 공포영화 또는 코미디의 장르영화뿐이었다. 공포영화의 경우 옥사이드 팡의 <오멘>, 반디트 통디의 <태어나지 못한 아이>, 피수스 프레셍/옥사이드 팡의 <방콕의 귀신>, 체앙 소이의 <호러 핫라인-빅 헤드 몬스터> 수타페 툰니라트의 <앙굴리말라> 등이 선을 보였으며, 코미디는 포이 아르논의 <치어리더 퀸>, 코믹 공포물인 콤삼 트리퐁의 <목없는 영웅> 등이, 그리고 액션영화 프라차야 핀카에우의 <옹박>이 소개되었다. 하반기만 해도 대작 공포물 <가루다> 등 다수의 공포물이 완성될 예정이다. 문제는 이러한 작품들이 세계 시장에서 지금과 같은 관심을 계속 끌 수 있을 것인가 하는 점이다. 지난해 태국영화가운데 흥행 1위를 차지한 <목 없는 영웅>의 경우를 보자. 불상을 훔치려는 악당들에 의해 목이 잘린 주인공이 원귀가 되어 나타나 복수를 한다는 내용의 이 작품은 특수효과의 조잡함 때문에 세계 시장에서는 별 관심을 끌지 못하였다. 옥사이드 팡의 <오멘> 역시 한 노인의 사진 속에 찍혀 있는 자신의 친구가 바로 오늘 죽는다는 말을 들은 친구들이 그를 구하기 위해 달려가는 이야기를 다룬 작품으로, 이를테면 국내 TV의 신비한 이야기 모음 프로그램과도 같은 정

도의 수준을 보여준다.

　그나마, 올해 베니스국제영화제 경쟁부문 진출이 확정되어 있는 펜엑 라타나루앙의 〈우주에서의 마지막 삶〉과 2년 전 PPP 프로젝트였으며, 올해 베를린국제영화제 포럼 초청작인 핌파카 토와라의 데뷔작 〈원 나잇 허즈번드〉, 곧 제작에 들어가는 위시트의 〈너를 믿을 수 없어〉 등이 독창적이면서도 일정한 수준을 유지하고 있는 작품으로 기대를 모으고 있는 정도이다.

　90년대 중반 이후 제2의 황금기를 맞고 있는 태국영화의 영광은 지금이 바로 고비이기도 한 셈이다. 관객들의 폭발적인 관심과 제작자본의 대거 유입, 유능한 작가들의 배출 등 갖가지 호재에도 불구하고 지나치게 상투적인 형식의 답습과 안일한 제작방식으로 인해 위태로운 상황을 맞고 있는 것이다. 올 마켓에서의 태국영화의 일정 부분의 성공은 되려 그러한 위기를 덮어주는 악재로 작용할지도 모른다.

칸에서 바라본 아시아영화 (2) - 대만영화

　올 칸국제영화제 마켓에는 대만영화 부스가 처음으로 만들어졌다. 정부의 지원과 해외 세일즈에 경험이 있는 몇몇 영화인들이 주축이 되어 문을 연 부스는, 그러나 실제로는 팔 만한 작품이 별로 없어 대만영화 알리기에 더 큰 의미를 두는 듯하였다.

17　올해 칸국제영화제에는 린쳉생의 〈로빈슨 표류기 魯賓

遜漂流記 〉가 '감독주간'에 초청되어 체면을 세웠다. 그러나 사스의 여파로 대만영화 프로모션 활동도 여의치 못하였다. 지난 5월 20일 그랑 호텔에서 개최하기로 되어 있었던 '대만영화의 밤' 행사는 그랑 호텔 측의 일방적 취소로(물론 사스 때문이었다.) 부랴부랴 인근의 중국식당 '만다린'으로 옮겨 열리기도 하였다. 호된 신고식을 치른 셈인데, 아직 해외 세일즈에 대한 경험과 인력이 부족하여 겪는 어려움이 특히 심하였다.

이런 가운데서도 작가영화의 맥은 아직 살아있다. 하반기에 주목할만한 작품들이 몇 편 있기 때문이다. 먼저 차이밍량과 그의 페르소나인 배우 리강생이 만들고 있는 〈불견불산 不見不散 〉이 있다. 영화관에서의 추억을 소재로 하고 있는 이 작품은 두 개의 파트로 나뉘어 있는데, 전반부는 리강생이 후반부는 차이밍량이 연출을 맡았다. 애초에 단편으로 만들어질 예정이었던 이 작품은 분량이 늘어나면서 장편이 되었다. 현재 촬영이 다 끝나고 후반작업 중이다. 올해 〈로빈슨 표류기〉로 칸에 진출한 린쳉생은 지난 2001년도 PPP 프로젝트였던 〈달은 다시 떠오른다 月光下 我記得 〉의 촬영을 하반기에 시작한다. 또한 거장 허우샤오시엔은 일본의 오즈 야스지로 헌정영화를 올 연말까지 완성할 예정이다.

그러나 대만정부의 보다 큰 관심은 영화산업의 진흥에 있다. 지난 2001년도 자국영화의 시장점유율이 0.1%였던데 반해 지난해에는 2.2%까지 올라감으로써 희망(?)을 발견한 셈인데, 제작비 지원도 지난해의 1억 8천만 위엔(한화 약 65억 원)에서 올해는 2억 6100만 위엔으로 올리기로 되어 있다. 그런데 대만정부의 제작비 지원 정책은 이전의 그것에 비해 커다란 변화가 있다. 애니메이션에 대한 지원 확대가 바로 그것인데, 올해 지원 예산 2억 6100만 위엔 가운데 40%를 애니메이션에 주기로 한 것이다. 그래서 지금 대만에서는 갑자기 애니메이션 붐이 일어나고 있다. 중앙전영中央電影이 TV 애니메이션 시리즈인 〈소림전기 少林傳奇〉를 제작하고 있으며, 대만 뉴웨이브의 한 축이었던 왕퉁 감독이 〈화염산 火焰山〉을, 그리고 차이밍칭이 〈양축 梁祝〉을 제작 중에 있다. 그런가 하면, 제작자 마오황은 한국, 중국, 대만, 일본, 홍콩의 감독들을 초빙하여 옴니버스 애니메이션 영화를 만들 계획을 진행 중에 있다. 대만의 이러한 애니메이션 투자는 내년이 되어봐야 그 첫 결과를 알 수 있을 것이다.

19

2004

[《씨네21》 기고] **새로운 도전은 이제 시작되었다**

- 제6회 타이페이국제영화제로 보는 대만영화의 현실과 미래

　　지난 3월 24일 타이페이 시장 주최로 열린 제6회 타이페이국제영화제 게스트 리셉션장은 허우샤오시엔 감독이 참석하기는 했지만 전체 참가자 수가 50명에 못 미치는 조촐한 파티였다. 더군다나 정작 호스트인 타이페이 시장 마잉지어(馬英九)는 참석조차 못했다. 최근 급박하게 돌아가고 있는 총통선거 이후의 사태 때문이었다. 그 자리에서 허우샤오시엔은 차기작 촬영이 8월로 늦춰졌노라고 이야기했다(그의 차기작은 지난 2001년 PPP 프로젝트였던 <가장 아름다웠던 시절 最好的時光>이다.) 구체적으로 언급은 하지 않았지만, 지금의 정치적 상황 때문인 듯했다.

　　지난 3월 21일부터 4월 3일까지 열린 타이페이국제영화제는 오랜 역사를 자랑하는 금마장영화제의 대안적 성격으로 출범한 영화제이다. 그러나 아직 대중의 호응이 기대치에 이르지 못한 조그만 규모의 영화제로 치러지고 있다. 더군다나 올해는 총통선거와 맞물려 대중의 관심권에서 더욱 멀어지고 말았다. 국민당 지지자들이 재검표와 선거무효를 외치며 총통부 광장을 가득 메우고 있을 때, 영화제가 열리고 있는 인근의 총통극장(總統戲院, 이 얼마나 기막힌 우연의 일치인가!)과 중산당에는 사람이 별로 눈에 띄지 않았다. 대만영화가 대중의 관심권에서 점점 멀어지고 있는 현실 때문에 이러한 무관심은 국외자인 필자에게도 안

23

타까움으로 다가왔다.

선거 후폭풍 악재까지, 여전히 생존의 문제

과연, 대만영화는 올해 또 어떤 한 해를 보낼 것인가? 이러한 화두의 의미는 대만 영화인들에게는 생존의 문제이다. 2003년 통계치가 아직 정확하게 나오지 않은 관계로 2002년의 통계치만 놓고 보면 대만영화의 자국시장 점유율은 2.21%였다. 지난해의 경우도 크게 나아진 것이 없었다는 것이 일반적인 시각인데, 때문에 대만 영화인들은 늘 생존의 문제를 걱정하고 있는 것이다. 타이페이에서 만난 차이밍량이나 장초치 모두 신작 촬영을 앞두고 있었지만, 필자에게 한국에서 자신들의 작품을 수입해주거나 제작비를 투자해줄 만한 기업이 없느냐는 질문을 했다. 차이밍량은 그나마 프랑스의 제작사로부터 제작비를 끌어와서 제작은 시작할 수 있지만, 장초치는 7월에 촬영 예정이지만 아직도 제작비 조달을 마무리하지 못했다. 하지만 차이밍량도 어려운 여건에서 제작을 진행할 것 같다. 〈하늘의 구름 한 조각〉이라는 제목의 이 신작은 포르노 배우의 세계를 그리고 있는 작품으로, 그의 페르소나인 리강생과 〈거기는 지금 몇 시니?〉의 첸샹치가 출연을 하기로 하였지만 그가 원하고 있는 또 한 명의 배우 양궤이메가 출연을 거부하고 있기 때문이다. 차이밍량을 만난 다음 날 필자가 양궤이메를 만난다는 사실을 안 차이밍량은 양궤이메에게 출연을 권유해달라는 요청을 했고, 실제로 그녀를 만난 자리에서 그녀의 생각을 물었을 때 그녀는 출연하지 않을 것이라고 하였다. 아마도 심한 노출 장면 때문인 듯했다. 또한 정부로부터 받은 제작지원금도 얼마 전에 회사를 떠난 제작자와의 사이에 정리가 명확히 되지 않은 관계로 고통을 받고 있었다. 전작 〈거기는 지금 몇 시니?〉의 대만 개봉 시 전국의 대학가를 돌며 직접 홍보에 나서는 게릴라 방식에 도전하여 어느 정도 흥행성에 성공을 거둔 바 있는 차이밍량은 이제 모든 것을 직접 하기로 했다. 심지어 차기작의 해외 세일즈까지도 자신이 직접 하기로 하였다. 그의 전작들을 판매해왔던 유럽의 해외 세일즈 회사에 대한 신뢰가 사라졌기 때문이다. 세계적인 명망을 지닌 감독이 모든 것을 혼자 해내야 하는 것이 바로 오늘날 대만영화가 처한 현실이다.

지자체들 제작 지원 '변화 시작'

변화가 전혀 없는 것은 아니다. 그동안 한국의 영화산업을 꾸준히 연구해온 대만 정부의 신문국(新聞局, 우리나라의 문화관광부에 해당)이 제작비 보조금 제도를 개선하고, 장편 애니메이션 제작을 지원하는 등의 정책을 내놓았지만 정작 대만 영화인들의 피부에 와닿지 않는 문제가 있었다(지난 4월 1일에는 〈실미도〉의 대만 개봉에 맞춰 타이페이를 찾은 강우석 감독을 초청하여 한국영화 발전에 관한 좌담회를 열기도 하였다).

25 　　　그런 가운데 지방에서 변화의 조짐이 보이고 있다. 대만

제2의 도시인 카오슝高雄에서 부산영상위원회와 같은 카오슝필
름커미션을 만들기로 한 것이다. 카오슝시 쪽은 지난 2월 16일
부터 사흘간 부산에서 개최되었던 아시안 필름커미션 네트워크
AFC Net 준비위원회에 관계자를 옵저버로 참여시켜 카오슝필름
커미션 설립을 위한 준비작업에 들어갔고, 그 첫 수혜자는 차이
밍량의 신작이 될 것이다. 차이밍량의 신작이 카오슝에서 상당
부분을 찍기로 하였기 때문이다.

좀 더 적극적인 변화는 타이퉁台東에서 일어나고 있다.
지난 3월 26일, 타이페이의 양명산 꼭대기에 살고 있는 린청셍의
집을 방문하였을 때 그의 신작 진행상황에 관한 이야기를 들을
수 있었다. 린청셍은 현재 〈달은 다시 떠오른다〉의 촬영을 준
비 중에 있는데(이 작품은 제6회 부산국제영화제 PPP 프로젝트로 부산상
수상작이기도 하다), 그에 따르면 그의 고향인 타이퉁시에서 제작비
를 상당 부분 지원하기로 했다고 한다. 타이퉁시가 린청셍 감독
을 자랑스럽게 생각하고 그의 작업을 지원하겠다는 의미도 있지
만, 이를 계기로 영화산업과 관광산업을 일으켜보겠다는 의도도
포함되어 있는 것이다. 타이퉁은 천혜의 아름다운 자연환경을
가지고 있음에도 불구하고 불편한 교통여건 탓에 개발이 디디게
진행됐고, 린청셍 감독의 신작을 지원하면서 이를 통해 타이퉁을
대외적으로 널리 홍보하고 관광개발의 전기로 삼고자 한다는 것
이다. 현재 타이퉁시는 촬영에 필요한 오픈 세트를 짓고 있으며,
필름커미션과 같은 행정지원기구를 설립할 예정이라고 한다.

또 하나의 변화는 애니메이션 제작을 정부 차원에서 정책적으로 지원하는 것이고, 올해부터 그러한 성과물들이 나오고 있다(성공 여부는 추후 논의해야 하겠지만). 대만 정부는 지난해 장기 영화산업발전계획을 내놓았는데, 그중에 애니메이션 사업을 육성하겠다는 의지를 명확하게 하고 있다. 지난 1월 1일, 중앙전영中央電影에서 제작한 장편애니메이션 〈나비의 꿈-량산바오와 추이타이蝴蝶夢-梁山伯與祝英台〉가 개봉되었고, 허우샤오시엔이나 에드워드 양 등과 함께 뉴웨이브를 이끌었던 왕퉁 감독은 두 편의 장편 애니메이션 〈원숭이왕〉과 〈코끼리와 나〉를 제작 중이다. 그런가 하면, 에드워드 양도 비밀리에 일본 자본을 끌어들여 장편애니메이션을 제작 중이다. 첫 스타트를 끊은 〈나비의 꿈-량산바오와 추잉타이〉가 그다지 좋은 반응을 얻지 못해 아쉽기는 하지만 아무튼 새로운 도전은 이제 시작되었다.

기성감독들 '조용' 여성감독 퀴어영화 '눈길'

올해 대만영화는 결과적으로 조용한 한 해가 될 것 같다. 허우샤오시엔(이미 완성한 〈커피시광〉이 있기는 하지만)이나 차이밍량, 에드워드 양, 장초치, 린쳉셍, 청원탕등 모두의 신작이 해를 넘겨 완성되거나, 올해 완성된다 하더라도 내년으로 개봉이 늦춰질 것으로 보이기 때문이다. 그런 가운데, 대중의 주목을 끄는 신인감독의 작품이 지난 4월 2일 개봉했다. 여성감독 첸잉영의 〈17살의 하늘十七歲的天空〉이 그것이다. 초저예산 독립영화인

〈17살의 하늘〉은 17살 난 게이 청소년의 사랑을 코믹하게 풀어낸 작품으로 이번 타이페이국제영화제의 '신독립시대: 세계의 화인영화와 비디오新獨立時代: 全球華人影像精選'의 개막작으로 선보여 관객과 평단으로부터 좋은 호응을 얻어냈다. 여성 감독에 의한 퀴어시네마는 최근 대만에서 하나의 흐름을 형성하고 있는 것 같다. 최근 개봉되었던 앨리스 웡의 〈사랑한다면 잡아봐挑躍情海〉역시 량산바오와 추잉타이의 전설에서 모티브를 따온 두 여성 간의 사랑을 그리고 있는 작품이다.

대만의 뉴웨이브영화는 개인의 경험을 통해 아픈 역사를 들추어내거나, 동시대를 살아가는 젊은이들의 소외의식을 주로 다루어왔다. 특히, 전자의 경우 주로 본성인(本省人: 명나라 패망 이후 대만으로 건너온 한족)과 외성인(外省人: 공산당으로부터의 패전 이후 국민당과 함께 대만으로 건너온 한족) 사이의 갈등이 주요 테마였다. 지금의 총통선거 역시 대만 독립을 원하는 대다수의 본성인과 통일을 원하는 대다수의 외성인과의 갈등이 바탕에 깔려있다. 이러한 갈등은 겉으로 드러나지는 않지만, 영화계에도 영향을 끼치고 있다. 대만 영화산업의 한 축을 형성하고 있는 중앙전영은 이번 총통선거가 최종적으로 민진당 승리로 끝날 경우의 미래에 대해 우려하고 있다. 중앙전영은 국민당 소유의 영화사인데, 정부에 귀속될 가능성이 크기 때문이다.

하지만 그동안 외성인과 본성인의 갈등 외에 우리가 잘 모르고 있었던 원주민의 세계를 이제는 주목해야 할 필요가 있다. 청원탕의 신작 〈깊은 바다〉는 그의 전작들과 마찬가지로 소외받고 차별당하는 원주민의 애환을 담을 것이다(이번에는 카지노 개발로 밀려나는 사람의 이야기이다). 리덩후이 전 총통이 1994년 동남아시아를 순방하고 난 뒤 중앙연구원의 리위안저 원장과 중국시보를 중심으로 등장한 이른바 '남진담론'은, 대만이 '동남아의 벼농사문화권'에 속한다는 '흑조黑潮 문화권'을 주창했었다. 이는 대만 독립을 위한 이론적 근거로 활용되었다. 그런데 이 담론이 당위성을 얻으려면 대만섬의 주인은 외성인도, 본성인도 아닌 원주민이어야 한다. 그러나 현실은 그렇지 못하다. 대만영화에서조차 원주민의 문제는 아웃사이더 그 자체였다. 원주민의 이야기를 자주 다루었던 실력 있는 감독 황춘밍 또한 아웃사이더 청원탕과 별반 다르지 않다. 그나마 청원탕은 CF를 찍으면서 차기작을 꾸준히 이어가고 있었지만, 황춘밍은 최근 영화와는 손을 끊은 상태이다.

린청성의 신작 〈달은 다시 떠오른다〉의 배경이 되는 타이둥은 원주민의 문화가 가장 잘 보존되어 있는 지역이다. 어머니의 실제 이야기가 담길 이 작품에서 린청성은 한때 원주민의 손에서 자랐던 자신의 어릴 적 경험을 이야기할 것이다. 기묘하게도, 대만은 영화산업이 거의 소멸한 상태에 있으면서도 영화인들이 하고픈 이야기, 해야만 하는 이야기는 아직도 많이 남은 것 같다.

29

2005

　　지난 1월 31일부터 2월 10일까지 테헤란에서는 제23회 파지르국제영화제가 열렸다. 1979년의 이슬람혁명을 기념하여 창설된 파지르국제영화제는 여러 가지 면에서 독특한 영화제이다. 게스트들에게 특히 그러한데, 자국영화의 상영을 해외 게스트만을 위하여 따로 마련한다는 점이 그러하다. 사실, 파지르국제영화제가 국제경쟁부문, 스피릿영화 경쟁부문, 아시아영화 경쟁부문 등 여러 섹션을 가지고 있지만, 해외 게스트들의 관심사는 역시 이란영화이다. 문제는, 영화제 측이 극장을 따로 준비하여 게스트들로 하여금 이란영화를 보게 하는데, 때문에 게스트들은 일반 관객들과 접할 기회가 거의 없는 편이다. 올해 이란영화 상영은 카눈(어린이와 청소년 지능개발 연구소, Kanoon)의 극장에서 있었다. 그런데 매년 그러하지만 올해 역시 영어 자막이 준비된 작품은 서너 편에 불과했고, 나머지는 모두가 동시통역을 하였다. 게스트 입장에서 이어폰을 끼고 동시통역을 통해 하루 5, 6편의 영화를 본다는 것은 사실 엄청난 고역이다. 그럼에도 불구하고, 약 25편의 이란영화가 상영되기 때문에 지난 한 해 동안의 이란영화를 정리하는 데에는 더할 나위 없이 좋은 기회이기도 하다.

　　지난 한 해 동안 이란영화는 모두 83편이 만들어졌다. 하지만, 대체적으로는 우수작이 드문 한해였다. 무엇보다도 역량 있는 신인감독의 부재가 아쉬움으로 남았었다. 그러한 결과가

33

이번 파지르국제영화제에서도 고스란히 반영되었다. 눈에 띄는 신인감독이 없었던 것이다. 하지만, 곧 데뷔작의 완성을 앞두고 있는 걸출한 신인감독이 한 명 있다. 〈쓰레기 시인〉의 모함마드 아흐마드가 바로 그이다. 지난 2월 9일, 필자는 아흐마드의 편집실에서 러프컷 상태의 전편을 볼 수 있었다. 아흐마드는 부산국제영화제와 인연이 깊은 감독이다. 지난 2002년 〈포로, 기다림〉이라는 걸출한 그의 다큐멘터리를 부산국제영화제에서 소개한 바 있고, 지난해 그의 데뷔작 프로젝트 〈쓰레기 시인〉이 PPP에 초청되어 일본의 도시바사로부터 투자를 이끌어낸 것이다. 모흐센 마흐말바프가 각본을 쓴 이 작품은, 청소부로 일하는 한 청년이 우연히 쓰레기더미 속에서 발견한 연애편지를 읽고 편지의 주인공을 동경하는 데서부터 시작된다. 그녀를 직접 본 청년은 그녀를 짝사랑하게 되고, 어느 시인의 집에서 버려지는 쓰레기더미에서 미완성 시들을 찾아서 그녀에게 시를 보내기 시작한다. 청년의 짝사랑은 이루어지지 않지만, 그는 서서히 삶의 의미를 깨달아 나가기 시작한다. 촬영, 연기, 음악(타지키스탄의 저명한 작곡가 달레르 나자로프가 음악을 맡았다. 〈루나파파〉의 바흐티아르 쿠도이나자로프의 동생이며, 〈루나파파〉의 음악을 맡았었다), 편집(마흐말바프가 직접 편집을 했다) 등 어느 것 하나 빠짐이 없는 수작이다. 아흐마드는 이달 안으로 작품을 완성시킨 뒤 칸에 출품할 예정이라고 밝혔다. 이변이 없는 한 칸에 진출할 것으로 보인다.

지난 2월 7일, 자파르 파나히의 집에서는 특별한 시사회가 있었다. 니키 카리미의 〈하룻밤〉의 시사가 바로 그것이다. 니키 카리미는 현재 이란에서 가장 인기 있는 여배우 중 한 사람이다. 그런 그녀가 감독 데뷔작을 만들었지만, 정부 측에서 요구하는 몇몇 장면의 삭제를 거부하는 바람에 파지르국제영화제로부터 초청을 받지 못하였었다. 대신 카리미는 파나히의 집에서 해외 게스트를 상대로 은밀한 시사회를 가졌다. 약 50여 명의 이란영화인과 게스트들이 모인 자리에서 상영된 〈하룻밤〉은 집을 나온 한 소녀가 세 명의 남자의 차를 얻어 타면서 벌어지는 이야기를 다루고 있다. 카리미로서는 비교적 무난한 출발을 한 것으로 보이지만, 문제는 키아로스타미의 그늘을 벗어나지 못하고 있다는 점이다. 최근 키아로스타미는 이야기 구조의 단순화를 극단화시키면서 마침내는 이야기가 사라지는 선까지 실험을 진행시키고 있다. 〈10〉(2002) 과 오즈 야스지로 헌정작인 〈5〉(2004) 사이의 간극은 그래서 매우 크다. 그런데 키아로스타미의 조감독 출신의 여자감독 마니아 아크바리의 데뷔작 〈20개의 손가락〉(2004)이나 니키 카리미의 〈하룻밤〉 모두가 〈10〉의 아류이라는 데에 문제가 있다. 마니아 아크바리나 니키 카리미 모두가 키아로스타미의 총애를 받는 인물이라는 점에서는 비난의 여지가 더 클 것으로 보인다.

올해 파지르국제영화제에서 주목을 받았던 작품들로는 마지드 마지디의 〈버드나무〉와 락샨 바니-에테마드와 모흐센 압돌바합 공동연출의 〈길라네〉, 캄보지아 파르토비의 〈도로

휴게소 식당〉, 키아누쉬 아이아리의 〈일어나, 아레주!〉, 카말
타브리지의 〈빵 한 조각〉 등이 있다.

　　마지드 마지디는 역시 기대를 저버리지 않았다. 〈버드
나무〉는 36년간 앞을 볼 수 없었던 중년의 대학교수가 수술로
시력을 되찾고 난 뒤 일어나는 일을 그리고 있다. 특히, 눈으로
보는 아름다움에 집착하게 되면서 점차 주변의 소중한 것을 잃
어간다. 기묘하게도 이 이야기는 '조신의 꿈'을 연상시킨다. 〈길
라네〉는 자식을 위해 헌신하는 어머니의 이야기를 다룬 작품이
다. 이란-이라크 전쟁 시 아들을 전쟁터에 보내고 임신한 딸과 함
께 사위를 찾아 테헤란으로 길을 나서는 이야기와 전후 하반신
이 마비된 아들을 돌보는 이야기, 이 커다란 두 줄기의 이야기를
바탕으로 억척스러우며 정이 많은 이란의 어머니상을 그려 보이
고 있다. 무엇보다도 이란의 대표적인 여배우 파테메 모타메드
아리아의 연기가 눈부시다. 국내에서는 서울여성영화제를 통해
소개된 바 있는 락샨 바니-에테마드의 대표작이라 평할만한 가
치가 있는 영화이다.

　　확실히, 최근 자신의 정체성을 분명히 지켜나가는 여성
의 이미지는 이란영화가 선호하는 주제이다. 〈길라네〉 외에도
캄보지아 파르토비의 〈도로휴게소 식당〉 역시 남편을 잃고 시
댁의 간섭을 딛고 도로휴게소 식당을 운영하면서 독립적 삶을
찾는 중년 여인의 이야기를 그리고 있으며, 타흐미네 밀라니의
〈주변부 여인〉 역시 남편의 억압과 허위의식에 반기를 들고 자

아를 찾는 주부의 이야기를 다루고 있다. 자밀 로스타미의 〈눈의 연가〉는 아버지의 강제로 중년의 남자에게 시집가야 하는 처녀의 이야기를 그리고 있다. 그녀는 결국 스스로 자신의 운명을 선택한다. 그런데 이러한 현상은 역설적으로 최근 이란의 정치, 사회적 현실과 배치된다. 최근 이란은 보수적 종교 지도자들의 입지가 강화되면서 사회적 분위기가 90년대 초 이전으로 돌아가고 있기 때문이다. 지난해 2월, 무려 2,400여 명에 달하는 개혁파 후보가 혁명수호위원회로부터 출마자격을 박탈당한 상태에서 총선이 치러졌고, 그 결과 보수파가 다시 의회를 장악하였었다. 올해 들어서는 개혁파 하타미 대통령이 이끄는 현 정부 내의 개혁파 장관들이 피탄핵 및 사퇴를 하면서 정부의 개혁정책이 무력화되고 있다. 그런 가운데 오는 5월에 있을 대통령선거에서도 보수파가 다시 정권을 잡을 가능성이 커지면서 여성의 인권상황 역시 후퇴할 가능성이 커졌다. 이런 사회적 현실 속에서 여성의 인권과 목소리를 높이는 영화가 늘어나는 역설적 상황이 지금 벌어지고 있는 것이다.

올 한 해 이란영화를 전망하는 것이 쉽지는 않다. 그러나 올해의 라인업을 보면 기대를 걸어볼 만하다. 〈바슈〉로 잘 알려진 또 한 명의 거장 바흐람 베이자이의 〈설상가상〉, 바흐만 파르마나라의 〈가벼운 키스〉, 나세르 타크바이의 〈드레스 리허설〉, 하산 엑타파나흐의 〈파랑새〉 등이 대기하고 있기 때문이다. 켄 로치, 에르만노 올미와 함께 옴니버스영화 〈티켓〉

37

(올해 베를린국제영화제 초청작)을 만들었던 압바스 키아로스타미는
〈5〉와 같은 류의 실험영화를 현재 찍고 있으며, 11월경에 새로
운 장편영화를 만들 예정이다.

　　　그러나 올해 단연 주목의 대상은 모흐센 마흐말바프이
다. 현재 그가 처해 있는 상황은 매우 복잡하다. 〈칸다하르〉와
〈오후 5시〉등 마흐말바프가에서 만든 일련의 작품들이 정부와
불편한 관계를 심화시켰고, 마침내 마흐말바프는 당분간 해외에
서 활동할 계획을 세웠다. 그래서 현재 테헤란에 있는 마흐말바
프 필름하우스는 공식적으로 폐쇄된 상태이다. 모흐센 마흐말바
프와 아내 마르지예는 타지키스탄에 머물고 있으며, 아들 메이
삼은 런던에, 작은딸 하나는 파리에 머물고 있다. 큰딸 사미라만
테헤란에 남아있다. 〈순수의 순간〉을 검열로부터 지키기 위해
집과 차를 팔았듯이 이번에도 모흐센은 차와 집을 팔아 타지키스
탄으로 건너갔다. 그리고 거기서 그는 〈섹스와 철학〉이라는 제
목의 영화를 찍고 있다(이란에 알려진 제목은 <두샨베의 사랑>이다). 하
지만, 이것이 끝이 아니다. 그는 3월에 인도로 건너가 필생의 꿈
이었던 인도에서의 영화를 제작한다. 그것도 두 편씩이나. 올해
어쩌면 모흐센은 무려 세 편의 작품을 완성할지도 모른다. 그를
옥죄고 있는 사회적 억압 분위기가 그로 하여금 영화창작에 폭
발적 에너지를 쏟아붓도록 하고 있는 것이다. 더군다나, 그가 시
나리오를 쓴 두 편의 작품이 올해 안으로 완성될 예정이다. 위에
서 언급한 모하마드 아흐마드의 〈쓰레기 시인〉 외에도 모즈타

바 미르타흐마습이 연출할 〈지진이 테헤란을 덮친 날〉이 3월에 촬영을 시작할 예정이다.

　　같은 언어권이어서 기본적인 의사소통이 가능한 타지키스탄에서 모흐센이 찍고 있는 〈섹스와 철학〉은 섹스에 관한 그의 철학적 관점을 보여줄 것이다. 주연은 타지키스탄의 저명한 작곡가이자 가수인 달레르 나자로프와 1998년 제3회 부산국제영화제 개막작이었던 모흐센의 〈고요〉에 출연하였던 소녀 타미네 에브라히모바가 맡고 있다. 달레르 나자로프는 앞에서 언급하였듯이 국내에 〈루나파파〉로 알려진 바흐티아르 쿠도이나자로프의 동생이며, 이번 영화가 그의 데뷔작이다. 사실, 타지키스탄은 영화산업이 거의 존재하지 않는 곳이다. 그나마 해외에 알려진 감독 중 바흐티아르 쿠도이나자로프는 현재 독일에 살면서 작품활동을 하고 있으며, 민병훈 감독과 공동연출한 〈벌이 날다〉로 알려진 잠쉐드 우스마노프도 현재 파리에 살고 있다. 연간 제작 편수라고 해봐야 이제는 한 편 내지 두 편이 고작이다. 한 가지 다행스러운 것은 잠쉐드 우스마노프가 프랑스 회사와 손을 잡고 11월에 신작제작에 들어간다는 것이다. 바로 이곳에서 모흐센은 영화를 찍고 있다. 그리고 아프가니스탄에서 영화를 되살리기 위해 그랬던 것처럼 모흐센은 지금 타지키스탄의 영화를 일으키기 위해 또 다른 노력을 하고 있다. 현지 인력들을 대거 기용하여 경험을 쌓게 하고 있으며, 각종 장비를 그곳으로 **39** 가져가 제작에 사용한 뒤 남겨둘 예정이다.

지난 2월 6일 공식적으로 폐쇄된 마흐말바프의 사무실에 **40** 서 필자는 당분간 파리에서 머물고 있는 모흐센과 전화통화를 하였다. 여전히 밝고 정다운 목소리에 기쁘기는 하였지만, 한편으로 가슴 한 켠에 밀려오는 안타까움과 슬픔을 참기 어려웠다. 무엇이 이 '카메라를 든 성자'를 타지로 내몰고 있다는 말인가. 마흐말바프 필름하우스를 지키고 있는 해외업무 담당 모하마드 사피리에 따르면, 모흐센은 두샨베에 이미 아파트를 한 채 구입하였고 언제 돌아올지 모른다는 것이었다. 그럼에도 불구하고, 한해에 무려 세 편의 영화를 만들기로 한 그의 넘쳐흐르는 창작 에너지는 사랑과 함께 무한한 존경의 마음을 갖게 한다.

이란 국기 |

　　오랜만에 인사드리는군요. 많은 분이 10주년을 맞는 올해의 부산국제영화제에 대해 기대를 많이 하고 계신다고 들었습니다. 그래서 저희도 열심히 의미 있고 기억에 남을만한 행사를 기획하는데 머리를 짜내고 있습니다. 이미, 대부분의 기획은 내부 검토를 거처 확정되었고, 이를 현실화 시키는 데에 매진하고 있습니다. 상세한 내용은 다음 뉴스레터에서 알려드리도록 하겠습니다.

　　지난 1, 2월 두 달 동안 집행위원장님을 비롯한 프로그래머들은 열심히 올해의 작품선정을 위해 해외로 뛰어다녔습니다. 김동호 위원장님과 전양준 프로그래머는 선댄스를 시작으로 로테르담, 예테보리, 베를린을 다녀오셨고, 저는 방콕과 테헤란을 다녀왔습니다. 오늘은 지난 1월 31일부터 2월 10일까지 테헤란에서 열렸던 제23회 파지르국제영화제에 관한 소식을 전해 드리겠습니다. 파지르국제영화제는 1979년의 이슬람혁명을 기념하기 위해 만든 영화제로, 경쟁 영화제이기는 하지만 대부분의 해

41

외 게스트는 주로 이란영화 신작을 보기 위해 파지르국제영화제를 찾습니다. 저 역시 예외는 아닌데요, 지난 10여 년 동안 파지르국제영화제에 참가하는 한국인은 늘 저 혼자였었습니다. 그런데 올해는 마켓에 한국에서 애니메이션 회사와 수입회사 한 곳이 참가함으로써 격세지감을 느끼게 하였습니다.

사실, 파지르국제영화제는 영화제로서는 별로 재미가 없는 곳입니다. 우선, 테헤란에 가는 것조차 쉽지 않습니다. 매주 월요일에 테헤란으로 가는 직항노선이 있기는 하지만, 일정상 탈 수가 없었습니다. 왜냐하면, 해외 게스트를 위한 이란영화 상영이 금요일부터 시작되었기 때문입니다. 해서, 북경을 경유해서 가야 했는데 북경에서 6시간을 기다린 다음에야 겨우 테헤란으로 가는 이란항공편을 탈 수가 있었습니다.

파지르국제영화제는 해외 게스트들에게 매우 친절하기는 하지만, 좀 독특한 이란영화 상영 시스템을 가지고 있습니다. 우선, 해외 게스트를 위해 이란영화를 상영하는 극장을 따로 마련해 둡니다. 올해의 경우는 카눈(어린이와 청소년 지능개발 연구소, 압바스 키아로스타미의 초기작이 이곳에서 만들어졌습니다)의 극장에서 상영이 이루어졌습니다. 때문에, 이란의 관객들과 함께 즐기면서 영화를 보는 기회는 얻기가 힘들었습니다. 물론, 일반 극장에 갈 수도 있지만, 이란영화 신작을 보는 것이 참가의 주목적인 데다가 자막 때문에 가기도 어렵습니다. 대부분의 이란영화 신작들이 영어자막을 갖추지 않은 상태에서 상영되기 때문입니다. 해외 게스트용 극장을 따로 마련하는 이유도 여기에 있습니다. 동시통역을 해주기 때문이죠. 하루에 4편에서 6편씩 이어폰을 끼고 동시통역을 통해 영화를 보려면 사실 엄청난 고역이죠. 해서, 지난 수년간 조직위 측에 제발 다음부터는 영어자막을 넣어달라고 당부하였지만 개선될 기미가 전혀 보이지 않네요.

게스트를 위한 호텔은 카눈 극장에서 걸어서 5분 거리에 있었습니다. 저녁 시간 이후에는 갈 곳도 마땅치 않아서 영화제 내내 호텔과 극장만 왔다 갔다 하는 일정을 보내야 했지요. 잘 아시다시피 이란에서는 술이 금지되어 있고, 교통편이 불편하기 때문에 어디 가기도 힘든 편입니다. 특히, 택시가 그러한데요, 대개는 소위 노선택시(그것도 승객이 다 차야 떠나는)라 타기가 힘들고 콜택시밖에 방법이 없는데 이마저도 자정이 넘으면 대부분 끊어집니다. 저야, 만나야 할 사람이나 친구들이 많아서 괜찮았지만, 그렇지 못한 게스트들은 대략 난감 그 자체였을 겁니다.

모흐센 마흐말바프 감독의 〈칸다하르〉

43

저는 이번에 압바스 키아로스타미의 집으로 가서 그를
만나 올해의 부산국제영화제와 관련하여 몇 가지 중요한 이야기
를 나누었고, 성과도 있었습니다. 그 구체적인 내용에 대해서는
다음 뉴스레터에서 소개해 드리도록 하겠습니다. 그리고 마흐말
바프 필름하우스에 가서 해외업무를 맡고 있는 모함마드 사피리
를 만났습니다. 현재, 마흐말바프 필름하우스는 폐쇄된 상태입
니다. 〈칸다하르〉 이후 정부와의 사이가 더 불편해져서 마흐말
바프가 더 이상 이란에서 영화를 만들기가 힘들어졌기 때문입니
다. 그래서 지금 마흐말바프는 타지키스탄으로 건너가 영화를
만들고 있으며, 오는 3월에는 인도로 건너가 거기서 다음 영화를
만들 예정입니다. 그의 아내 마르지예만 현재 마흐말바프와 함
께 타지키스탄에 머물고 있으며, 아들 메이삼은 런던에, 작은딸
하나와 사미라는 파리에 머물고 있더군요. 그래서 마흐말바프
필름하우스에서 마흐말바프와 전화통화만 할 수 있었습니다. 그
의 목소리를 듣자 울컥하더군요. 그래서 '사랑한다'고 계속 외쳤
죠. 그리고 인도에서 만나자고 약속을 했습니다. 차마 이 글에서
는 다 밝힐 수 없는 가슴 아픈 사연들이 많이 있습니다. 하지만,
올해 그의 신작을 무려 두 편씩이나 볼 수 있게 되어 한편으로는
행복하기도 합니다. 그의 신작 〈섹스와 철학〉은 완성되는 대로
비디오를 받기로 했고, 그가 시나리오를 쓴 모함마드 아흐마드의
데뷔작 〈쓰레기 시인〉의 러프컷을 이튿날 볼 수 있었습니다.
파지르국제영화제 상영작 중에서 눈에 띄는 신인감독이 없어서

실망하던 차에, 〈쓰레기 시인〉은 단연 '물건'이었습니다. 그래서 현장에서 바로 초청의사를 밝혔습니다. 그리고는, 완성된 이후 너무 많은 영화제에 나가지 말라고 '충고(?)'까지 하였습니다.

파지르국제영화제 후일담(2)

파지르가 외면한 또 한 명의 신인감독이 있습니다. 니키 카리미가 바로 그인데요, 그녀는 이란 최고의 인기배우이기도 합니다. 그녀의 데뷔작 〈하룻밤〉은 검열당국의 몇몇 장면의 삭제 방침에 반발한 카리미가 이를 거부함으로써 파지르로부터 초청을 받지 못했던 것이지요. 사실, 작품은 그저 그런 수준이었습니다. 이런 경우, 과거에도 그러하였듯이 해외 게스트들을 따로 초청하여 시사회를 살짝 가집니다. 이번에는 자파르 파나히의 집에서 시사회가 있었습니다. 잘 아시다시피, 파나히는 키아로스타미의 조감독 출신이라 그와 매우 가깝고, 니키 카리미는 키아로스타미가 총애하는 배우 중 한 명입니다. 사실, 카리미가 키아로스타미의 영화에 거의 출연한 적이 없는데도 그의 총애를 받는다는 사실이 좀 의아하기는 하지만, 아무

이란의 인기 배우 '니키 카리미'

튼 그러한 인연으로 파나히의 집에서 시사회를 하였던 것이지요 **46**
(파나히가 꽤 잘사는 부유층이라는 사실, 짐작하시겠죠?). 50명 이상의 게
스트들이 모여 저녁 9시부터 시작된 시사회는 이후의 리셉션까
지 포함하여 밤 1시가 넘어 끝났습니다.

  문제는 그다음이었습니다. 모든 교통수단이 다 끊겼기
때문이죠. 게다가 그날은 엄청난 눈이 온 날이기도 합니다. 파나
히는 저더러 자고 가라고 하였지만, 그래도 그럴 수는 없었습니
다. 그래서 게스트 중에 차를 가지고 온 친구가 있나 살펴보았습
니다. 독립영화 세일즈를 하는 오랜 친구 모하마드 아테바이가
눈에 들어오더군요. 그리고는 그 앞에 가서 슬픈 표정을 지었죠.
아테바이 왈, '알았어, 태워 줄게' 그리고 그 차에는 세 명의 게스
트가 더 탔습니다. 그런데 워낙 눈이 많이 온지라 호텔로 돌아오
는 길이 만만치 않았습니다. 약간 경사진 길만 만나면 게스트들
이 다 내려서 열심히 차를 밀어야 했습니다. 그래서 아테바이에
게 '내가 너에게 고마워해야 할 게 아니라, 네가 나에게 고마워
해야 할 것 같다' 라며 조크를 하기도 하였습니다. 아무튼, 우여
곡절 끝에 호텔에 도착하였는데, 갈 때 30분이 걸렸던 길을 1시
간 반 이상 걸려 돌아왔더군요. 이란에 사막만 있을 것이라고 짐
작하시는 분들은 참조하시기 바랍니다. 이란에는 사계가 다 있
고, 스키장도 있다는 사실을요. 그리고 눈이 좀 온다 하면 1m 정
도 쌓인답니다.

  마지막으로, 이란의 록 음악에 대한 이야기를 좀 드리죠.

이란 같은 이슬람권 국가에 록 음악이 존재한다는 사실이 잘 믿기지 않으시죠? 그런데 실제로 록 음악이 존재하고 있습니다. 대개는 소위 언더그라운드 록 밴드들인데요, 물론 이들에 대한 정부 당국의 시선은 차갑기 그지없습니다. 법적으로야 규제할만한 조항이 없지만, 이슬람혁명 이후 사회적으로 록 음악이 금기시되어왔던 분위기가 지금까지도 계속 이어져 오고 있는 것입니다. 물론, '아리안 밴드'나 '루미'처럼 해외에서도 공연할 정도로 유명세를 지닌 밴드들도 있지만 이러한 경우는 극소수이며 대부분은 대중 앞에서 공연조차 하기 힘든 것이 사실입니다.

이들의 활동을 담은 다큐멘터리가 올해 한 편 나왔습니다. 모즈타바 미르타마스브의 〈오프 비트〉가 그것입니다. 이 다큐멘터리에 의하면 대부분의 록 밴드들은 주로 대중들보다는 친지들 앞에서 소규모로 공연을 하며 주위의 눈총 때문에 이사도 자주 다닌다고 합니다. 공식적으로 대중공연을 하는 경우에도 관객의 분위기는 사뭇 다릅니다. 2002년, 록 밴드 '루미'의 공연실황을 보면 관객은 마치 클래식 공연장에 온 것처럼 얌전히 앉아서 가끔 박수를 치는 정도입니다. 객석에서 한사람이 무대 앞으로 나와 박수를 치자 바로 제지를 당하는 장면도 나옵니다. 공연허가를 받기 위해서는 당국에 가서 실연을 해야 하는데, 그나마 허가를 받는 비율도 10%가 채 안 된다고 합니다. 지난 2002년, 이러한 상황을 극복하기 위해 '언더그라운드 뮤직 컴페티션

47 Underground Music Competition, UMC'이라는 사이트가 생겼습니

다. 약 30여개의 밴드들이 참가하여 온라인상으로 경연을 하였
습니다. 그리고 네티즌의 투표에 의해 우승자를 가리는 행사였
는데, 1회 때 16만여 명이 뮤직 파일을 다운받았다고 하는군요.
저는 개인적으로 '아리안 밴드'를 좋아해서 그들의 CD도 사서 모
으고 있습니다만, 언젠가 기회가 될 때 여러분께 소개해 드리고
싶습니다. 전통적인 록 음악에 페르시아의 분위기를 입힌 그들
의 음악이 어떨지 궁금하지 않으십니까?

올해, 파지르에서는 마지드 마지디의 〈버드나무〉, 략
산 바니-에테마드의 〈길라네〉, 캄부지아 파르토비의 〈도로휴
게소 식당〉 등과 같은 수작들을 건졌고요, 앞으로 나올 기대 작
품들에 대해서도 찜을 해두었습니다. 비록 예년처럼 고생스러
운 일정이었지만, 좋은 작품 만나서 여러분께 소개해 드릴 생각
을 하면 지금도 흐뭇합니다. 다음에 또 소식 전하겠습니다. 안녕
히 계세요.

[부산국제영화제 칼럼] **2005, 홍콩국제영화제의 갈림길**

2005 홍콩국제영화제

지금 제29회 홍콩국제영화제가 한창 진행 중이다. 올해 홍콩국제영화제는 여타 행사들과 일정을 맞추는 등 최근 침체에 빠져 있는 홍콩영화산업과 홍콩국제영화제의 분위기를 일신하기 위해 다각도로 노력을 기울이는 모습을 보여주고 있다. 가장 큰 변화는 PPP와 유사한 HAF(홍콩-아시아 영화 파이낸싱 포럼, 香港亞洲電影投資會)의 부활과 홍콩필름마트HK Filmmart의 일정 조정이다. 특히, 예년에는 6월에 열렸던 필름마트가 올해부터는 홍콩국제영화제와 같은 기간에 개최됨으로써 시너지 효과를 꾀하고 있다.

필름마트는 홍콩의 무역기구인 홍콩무역발전국香港貿易發展局에서 개최하는 행사로, 최근 도쿄국제영화제와 방콕국제영화제에서 새롭게 시작한 마켓에 자극을 받아 올해부터 예산과 규모를 대폭 키웠다. 올해 구체적인 성과는 350개의 부스에 83개 회사와 253명의 참가자가 필름마트를 찾았으며, 동북아 중심이었던 예년에 비해 올해는 유럽과 미주대륙의 참가자 수가 늘었다는 점이 특징이다. 부스를 차린 회사의 경우 미주와 유럽 쪽

49

이 각기 전체의 24%를 차지하는 등 거의 절반에 가까운 수준으로 늘어난 것이다. 전체적으로는 참가자수가 지난해에 비해 약 15%가 늘어난 수치이다.

지난 3월 22일부터 24일까지 열렸던 HAF 역시 비교적 성황리에 막을 내렸다. 수상 결과는 허안화의 〈천수원天水圍〉(홍콩)이 HAF상을, 에카차이 우에크롱탐의 〈관〉(태국)이 후버트 발스상을, 지앙원의 〈어린 여자小女人〉(중국)와 루추안의 〈남경 남경南京 南京〉(중국)이 시네디지트상을, 그리고 웡칭포/엽염침/리콩럭의 〈서클〉(홍콩)이 포커스상을 수상하였다. HAF의 문제는 여전히 중국권 중심의 프로젝트에 치중되어 있다는 점이다. 홍콩국제영화제는 이들 행사와의 공동보조를 통해 예산절감 및 분위기 고조의 효과를 누릴 수 있었다. 특히나, 스타급 연기자들의 자발적 참여는 큰 힘이 되었다.

홍콩국제영화제의 개막일인 지난 22일, 예년에 볼 수 없었던 장면이 연출되었다. 원래, 홍콩국제영화제는 이렇다 할 개막식이 없었다. 6시경에 간단한 리셉션을 하고, 7시에 개막영화 상영으로 개막일을 마무리 짓는 식이었다. 그런데 올해는 주극장인 홍콩문화센터의 입구 마당(광장이라고 하기에는 좁은 곳)에 레드카펫을 깔고 나름대로 화려한 개막식을 진행하였다. 개막식에는 성룡이 참가하여 열심히 분위기를 돋우고 있었다. 이러한 스타들의 자발적 참여로 올해 홍콩국제영화제의 관객 수는 예년보다 다소 늘어난 10만여 명에 달할 것으로 보인다.

하지만, 홍콩국제영화제는 여전히 어려움을 안고 있다. 가장 큰 문제는 역시 예산 문제이다. 5년 전, 홍콩 정부로부터 독립하여 영화제를 개최하기 시작한 이후 매년 정부의 지원금액은 하향곡선을 그려 왔다. 특히나, 올해부터 홍콩국제영화제는 '홍콩국제영화제협회 香港國際電影節協'라는 별도법인을 설립하여 열리고 있다. 전체 예산은 미화 150만 달러로, 정부로부터는 전체 예산의 65% 정도를 지원받고 있다.

지난 연말, 홍콩국제영화제는 재정과 관련하여 위기를 맞기도 하였다. 그동안 메인 스폰서였던 캐세이 퍼시픽 항공이 떨어져 나간 것이다. 영화제 측은 부랴부랴 다른 스폰서 섭외에 나서 소니를 영입할 수 있었다. 하지만, 소니의 지원금액은 캐세이 퍼시픽의 그것에 비해 턱없이 부족한 수준이었고, 소니사의 요구에 의해 시상제도까지 조정하는 곤란을 겪었다. 즉, 신인감독의 첫 번째 혹은 두 번째 작품을 대상으로 하는 경쟁부문인 '화조대장신수 火鳥大獎新秀'를 폐지하고 '아시안 DV 경쟁부문'을 메인 경쟁부문으로 격상시킨 것이다. 예산과 더불어서 홍콩국제영화제가 안고 있는 또 다른 문제는 프로그램이 예년만큼 강력한 파워를 가지고 있지 못하다는 점이다.

중국의 5세대 영화와 홍콩의 뉴웨이브 영화의 산실 역할을 했던 과거에 비해 주목할 만한 영화가 드물다는 것이다. 이는 최근 홍콩영화의 침체와 밀접한 관계가 있다. 홍콩영화의 가장 51 큰 문제는 좋은 인재를 찾기가 점점 힘들어진다는 점이다. 홍콩

영화인들이 기대를 걸었던 중국과의 CEPA 협정도 홍콩영화의
정체성을 훼손하는 결과만을 낳고 있다는 현실은 홍콩영화인들
을 더더욱 절망케 하고 있다. 양조위가 엔터테인먼트 엑스포의
홍보대사로 나서고, 유덕화가 자신의 영화사 포커스 필름을 통해
아시아의 새로운 재능을 발굴하는 사업을 시작한 이유도 거기에
있다. 때문에, 최근 홍콩영화계는 신인감독 발굴에 관심을 돌리
고 있다. 2003년도 부산국제영화제에 〈푸보〉라는 독립영화가
소개된 바 있는 웡칭포가 지난해에 증지위에 의해 픽업되어 〈강
호〉라는 영화를 만들어 흥행돌풍을 일으켰던 사례가 귀감이 되
고 있다. 그리하여, 최근 독립영화집단 '영의지影意志'에서 활동
중인 젊은 감독들이 제작자들의 주목을 받고 있다.

영화제를 개최하는 데에 있어서 도시의 주변 환경도 상당
히 주요한 부분을 차지한다. 홍콩의 경우 볼거리, 먹거리 등이 풍
부하여 최상의 조건을 갖춘 것으로 평가된다. 특히나, 두 메인극
장인 침사추이의 홍콩문화센터와 홍콩섬의 홍콩시청 극장 사이
를 페리를 타고 오가며 즐기는 분위기는 가히 환상적이라 할 만
하다. 그런데 문제는 극장들이 너무 분산되어 있다는 점이다. 때
문에 축제 분위기가 잘 살아나지 않는다는 어려움이 있다.

영화제 측은 올해, 축제 분위기를 좀 더 고조시키기 위해
홍콩섬의 타마 지역에서 대규모 야외 상영을 시작하였다. 야외
상영장에도 홍콩의 인기스타들이 자리를 함께하면서 영화제 붐
을 고조시키기 위한 노력은 계속되었다. 그런데 그만, 야외 상영

첫날에 비가 내려 기대만큼의 효과는 누리지 못하였다. 영화제 측이 이처럼 축제 분위기를 고조시키려는 데에는 절박한 사정이 있다. 홍콩국제영화제가 정부로부터 독립하면서 여러 가지 어려움이 생겨났다. 특히나, 일반 극장은 물론 홍콩문화센터나 시청 극장 등과 같은 공공시설조차도 돈을 주고 대관해야 하는 상황이 생긴 것이다. 문제는 홍콩시민들이 평일 낮 시간대에는 영화제 참여가 저조하다는 사실이다. 때문에, 영화제 측은 영화제 개막 일부터 첫 사흘 동안은 아예 낮 상영을 거의 하지 않는다(화요일~목요일). 그리고 첫 주말을 지나면 다시 낮 상영을 거의 하지 않는다. 이러한 사정 때문에 영화제에서는 축제 분위기를 살리는 데에 전력을 기울이고 있는 것이다.

올해부터 부산국제영화제는 자체 건물인 부산영상센터의 건립을 시작한다. 부산영상센터가 건립되고 나면 예전처럼 축제 분위기를 한곳으로 모을 수 있을 것이다. 홍콩국제영화제

홍콩국제영화제 (2005)

역시 그러한 꿈을 안고 있다. 서구룡西九龍쪽에 건립을 계획 중
인 '구룡 문화예술 콤플렉스'가 그것이다. 홍콩 정부와 민간기업
이 합자로 건설할 예정인 이 콤플렉스는 미술관, 박물관, 극장,
공원이 한자리에 모여있는 대규모 단지이다. 2010년에 이 콤플
렉스가 완성되면 홍콩국제영화제는 이곳으로 옮겨 갈 곳이고, 그
리될 경우 홍콩국제영화제는 축제 분위기를 맘껏 살리면서 새로
운 도약을 할 수 있을 것이다. 바야흐로, 아시아 지역 내에서도
영화제 간의 무한경쟁시대가 시작되고 있는 것이다.

[뉴스레터] 대만과 일본 출장 다녀왔습니다.

지난 6월 말과 7월 초에 대만과 일본 출장을 다녀왔습니다. 이제 초청작 선정도 막바지에 다다른 셈이지요. 올해는 스케줄이 좀 빡빡해서 대만에서 귀국한 뒤 이튿날 바로 일본 출장을 가야 했습니다. 해서, 늘 그래왔지만 밤늦게까지 호텔방에서 비디오를 보면서 '올해는 힘에 좀 부친다'는 느낌이 들었습니다.

대만에서는 허우샤오시엔 감독을 만나는 일이 가장 중요한 업무였지만, 정작 그는 타이페이에 없었습니다. 자신의 작품 〈최호적시광〉이 타이페이국제영화제 개막작이었는데도 말입니다. 이미 언론에 보도된 대로, 그는 올해 부산국제영화제가 새로 시작하는 아시아영화아카데미의 초대 교장직을 맡았습니다.

지난 칸국제영화제에서 저희 영화제 김동호 집행위원장께서 그를 만나 구두로는 수락을 받았지만, 문제는 2주일에 걸친 기간이었습니다. 아무리 가까운 사이라 하더라도 세계적 거장을 2주일이나 묶어 둔다는 것이 분명 쉬운 일은 아니지 않겠습니까? 해서, 저는 그의 비서 장추티를 만나 그가 반드시 첫해의 아시아영화아카데미 교장직을 맡아야 하는 당위성과 이유를 설명하고 협조를 구해야 했습니다. 그리고 다행히 수락을 얻어냈습니다. 이 밖에도 차이밍량, 린쳉셍, 왕퉁, 그리고 여러 젊은 감독들을 만나 저희 영화제와 관련된 사항들을 협의했습니다.

55 그리고 대만을 대표하는 여배우로 손꼽히는 양궤이메와

저녁 식사를 하였습니다. 이 자리에는 마침 〈주홍글씨〉로 초청 받은 변혁 감독도 함께 자리를 하였습니다. 양궤이메는 저희 가족과 좀 특별한 사연이 있는지라, 대만에 가면 반드시 만나는 사이입니다. 그녀가 부산국제영화제에 참가하였을 때 올해 9살 된 제 아들을 만나 너무 귀여워했었고, 지난해에는 린쳉셩 감독의 신작 〈달빛 아래의 기억〉의 제작발표회에도 함께 참여하여 축하해준 적이 있습니다. 그 뒤부터는 제 아들이 그녀의 '한국의 꼬마친구'가 되어버렸지요. 식사 자리에서도 내내 제 아들 얘기만 했었고, 선물도 한 아름 안겨주더군요.

부산국제영화제에 그녀가 왔을 때 그녀의 모습을 기억하시는 분이 계실지 모르겠군요. 스타이면서도 소탈하고 너무나 착한 그녀의 인품에 누군들 반할 수밖에 없지 않을까 하고 생각해 봅니다.

일본은 대만보다 일정이 더 빡빡합니다. 낮에는 가와기타 필름 인스티튜트에서 신작들을 보고, 중간중간에 미팅을 해야 합니다. 그리고 밤에는 호텔로 돌아와서 새벽 3, 4시까지 비디오를 봐야 합니다. 올해는 일본 정부 쪽에서도 미팅 신청이 들어왔고, 국내시장을 거의 휩쓸고 있는 토호사에서도 미팅 신청이 있었습니다. 정부 쪽 인사는 지난해 12월에 내각 산하 기구로 새로 설립된 '일본영상산업진흥기구'의 실무자들이었습니다. 그들은 올해의 도쿄국제영화제에 저희의 PPP와 같은 프로젝트 마켓을 신설할 계획을 가지고 있고, 저희 영화제에 자문을 구하고

자 한 것입니다. 도쿄국제영화제는 이미 몇 년 전에도 프로젝트 마켓을 운영했지만, 성과가 별로 없어서 문을 닫은 바 있습니다. 지난해에 도쿄국제영화제의 부흥을 기치로 마켓을 출범시킨 바 있는 일본 정부에서 올해 프로젝트 마켓을 부활시켜 마켓 기능을 강화하려 하고 있는 것입니다. 저희 쪽 입장에서는 일본 정부와 도쿄국제영화제가 구상하고 있는 프로젝트 마켓이 국내 프로젝트 중심이라 별로 경쟁 관계에 놓이지도 않을뿐더러, 일본 프로젝트를 픽업하는 데에도 도움이 될 것이라 판단되어 협조관계를 유지할 생각입니다. 사실, 그동안 PPP를 운영하면서 프로젝트를 초청하기가 가장 어려운 곳이 일본이었습니다. 그 가장 큰 이유는 일본의 제작자들이 해외시장과 합작에 별로 관심이 없다거나, 전문가가 별로 없다는 점이지요. 즉, 세계에서 두 번째로 규모가 큰 자국시장에 안주하는 경향이 심하다는 것입니다.

이러한 현상은 대만과 극명하게 대비가 됩니다. 대만은 잘 아시다시피 국내시장이 거의 죽어있고, 따라서 제작자는 해외에서의 자본유치에 사활을 걸고 있습니다. 때문에, PPP에도 열심히 프로젝트를 냅니다. 반면, 일본으로부터의 좋은 프로젝트는 매년 손에 꼽을 정도입니다. 이런 이유로 해서, 도쿄국제영화제와는 프로젝트 마켓을 매개로 해서 협조관계를 잘 유지할 생각입니다.

하지만, 여러분들의 주 관심사는 역시 올해는 이들 지역에 어떤 좋은 작품이 있으며, 어떤 작품이 초청될 것인가 하는 것이겠지요. 저 역시 여러분의 기대를 저버리지 않기 위해 가급적이면 많은 작품을 접하고 보기 위해 노력하고 있습니다. 특히, 메이저급 영화제에 소개된 작품보다는, 덜 알려졌지만 우수한 작품들을 더 많이 발굴하기 위해 열심히 뛰어다녔습니다. 지난 10년 동안 프로그래머 일을 하면서 깨달은 점 중의 하나는 역시 '좋은 작품을 구하기 위해서는 직접 뛰어다니는 것이 최선의 방법이다'라는 점입니다. 언뜻 보면 너무나 평범한 진리인 듯하지만, 부산국제영화제의 정체성과 위상을 쌓아 오면서 터득한 진리이기 때문에 그 깨달음의 강도는 다른 분들과 좀 다르리라 생각합니다. 이를테면, 제가 열심히 뛰어다녀도 어차피 상대방은 무조건 메이저급 영화제를 1순위로 생각하고 있기 때문에 제가 알고 있는 그네들에 관한 정보는 메이저급 영화제도 다 알고 있을 것입니다. 그래서 제가 '뛴다'는 의미는 '정보'가 아니라, 그네들과 얼굴을 맞대고 부산국제영화제에서 그네들의 작품을 먼저 소개할 경우의 이점을 설명하고 설득하는 것을 의미합니다. 이제는 우리 부산국제영화제가 어느 정도 그럴만한 힘도 갖추었다고 봅니다. 토론토국제영화제가 비경쟁 영화제이면서도 비슷한 시기에 열리는 베니스국제영화제에 별로 밀리지 않는 이유 중의 하나가 바로 그런 점이겠지요.

앞으로 10년 후면 부산국제영화제도 토론토나 로테르담 영화제 정도의 파워와 위상을 갖게 되지 않을까요? 이는 저의 꿈이자, 목표이기도 합니다. 여러분들이 궁금해하시는 점을 지금

당장 알려드리지 못해서 죄송합니다. 조금만 더 기다려 주십시오. 얼마 남지 않았습니다. 더운 여름에 건강 조심하시고, 곧 다시 찾아뵙겠습니다.

대만, 일본 출장 (2005)

2006

[핫무비] **2006 방콕국제영화제에서 바라본 타이영화**

지난 2월 17일 '어수선한' 가운데서 시작되었던 2006 방콕국제영화제가 '조용한' 가운데 막을 내렸다. '어수선하게' 시작된 연유는 이렇다. 방콕국제영화제는 타이의 관광청이 개최하는 영화제이다. 지난 2003년 관광청이 당시까지 언론그룹 '네이션'에서 운영하던 영화제를 인수하여 규모를 대폭 키운 것이다. 그런데 관광청은 영화제 운영을 팜 스프링스 영화제의 전직 스태프를 중심으로 한 팀에게 맡겼다. 그래서 지금도 방콕국제영화제의 집행위원장과 프로그래머 7명이 모두 외국인이다. 관광청이 이들에게 영화제 운영을 맡긴 것은 영화제에 대한 그들의 인식 때문이다. 즉, 관광청은 영화제를 '영화' 그 자체보다는 '관광진흥'과 '볼거리'로서의 행사로 인식하고 있는 것이다.

팜 스프링스 영화제는 아카데미상 후보에 오른 작품들 중심으로 영화를 소개하는 영화제이다. 때문에, 할리우드의 스타들과는 네트워크가 활발한 편이다. 전 팜 스프링스 영화제 스태프였던 크레이그 프레이터 집행위원장이 해야 할 가장 중요한 임무가 할리우드의 스타들을 방콕국제영화제에 모셔오는 것이다. 지난해에는 마이클 더글라스와 올리버 스톤 등이 방콕을 찾았고, 올해는 크리스토퍼 리와 프랑스 여배우 카트린 드누브 등이 방콕을 찾았다.

63

문제는 이 과정에서 타이 영화인들이 소외되고 있다는 점

이다. 그래서 영화제 직전 누적된 불만이 마침내 폭발하고 말았
다. 타이영화협회가 방콕국제영화제 보이콧을 선언한 것이다.
하지만, 이 보이콧은 타이영화협회의 내분을 불러왔고, 일부 메
이저 회사가 거꾸로 타이영화협회를 탈퇴하는 사태가 빚어졌다.
내막은 이렇다. 현재, 타이에서 가장 강력한 힘을 발휘하는 회사
는 단연 '사하몽콜'사이다. 〈옹박〉과 〈똠얌꿍〉 등 토니 자의
액션영화의 대성공으로 올해도 가장 많은 편수의 라인업을 준비
하고 있고, 차트리찰레름 유콘 감독의 초유의 대작 〈나레수안
왕〉의 배급과 논지 니미부트르 감독의 대작 〈파타니의 여왕〉
의 제작을 앞두고 있는 회사이다. 하지만, 그동안 '사하몽콜'사의
사장인 솜삭의 독주와 지난달 있었던 수판나홍 상Suphannahong
Award 시상식의 결과에 대해 불만을 가지고 있던 몇 개 회사들이
타이영화협회를 탈퇴하고 방콕국제영화제 참가를 선언함으로써
분열이 가중된 것이다.

　　솜삭이 보이콧을 선언한 이유는 크게 두 가지가 있었다.
하나는 지난해까지 방콕국제영화제에 초청되는 타이영화의 선
정이 영화제 측과 타이영화협회와의 협의에 의해 진행되었던 반
면 올해는 영화제 측이 전적으로 주도권을 쥐고 선정을 진행하
였다는 점, 또 하나는 지난해까지 타이영화협회 회원사들 소유의
극장에서 영화제를 열었지만, 올해부터는 새로 건립된 대형 쇼
핑몰 '시암 파라곤' 내의 '파라곤 시네플렉스'에서만 영화제가 진
행되는 것에 대한 불만 등이 그것이다. 이런 사유 등으로 해서 올

해 방콕국제영화제는 어수선한 가운데 그 네 번째 막을 올렸다.

반면, 폐막은 '조용한' 가운데 마무리되었다. 여전히 타이 관객들은 적었고, 같은 장소에서 열린 방콕필름마켓은 한산하다 못해 적막감이 돌 정도였다. 80개의 회사가 부스를 차렸지만, 정작 비어있는 곳이 1/3 이상이었다. 당연히 거래는 거의 이루어지지 않았다. 심지어, 아시아영화 발전에 기여한 공로로 공로상을 받은 포르티시모 사는 공로상을 받았음에도 불구하고 제공받은 부스를 기간 내내 비워 두는 무성의를 보였다. 방콕필름마켓의 참가조건은 너무나 훌륭한 편이었다. 참가회사에 부스 비용은 물론 참가 스태프 1인의 항공료, 호텔까지 제공하는 파격적인 조건이었다. 그럼에도 불구하고 참가회사가 80여 개에 불과했고, 그나마 이름만 걸어놓고 놀러 다니는 회사들이 적지 않았다. 이런 연유로 해서 올해 방콕국제영화제는 조용히 막을 내렸다.

사실, 방콕국제영화제는 게스트들에게는 너무나 친절한 영화제이다. 아니, 과분할 정도로 친절하다. 착한 타이인들의 심성 그대로이다. 이를테면, 올해 한국에서 초청한 기자 모두에게는 비즈니스 클래스의 항공권을 제공하였고, 제공한 호텔도 별 다섯 개짜리였다. 극장의 시설은 세계 정상급이었다. 더군다나, 영화제가 사용하는 극장 가운데 '울트라 스크린'이라고 하는 3개 관은 국내 모 극장의 골드 클래스와 같은 급의 영화관이었다. 영화제에 초청된 게스트들이 기간 내내 골드 클래스 급의 극장에서 영화를 감상하는 호사를 누린 것이다. 하지만, 이 때문에 웃지

65

못할 해프닝도 많았다. '울트라 스크린'의 좌석은 많아야 40석 정
도. 때문에 이 극장에는 상대적으로 인기 없는 영화를 넣어야 했
다. 그 결과 다큐멘터리와 단편영화 등이 주로 이 극장에서 상영
되었다. 아마도 다큐멘터리와 단편영화가 가장 대접받는 영화제
가 방콕국제영화제일 것이다.

　　문제는 정작 자국 내의 관객들은 영화제에서 소외되고 있
다는 점이다. 가장 이해할 수 없는 점은 그렇게 많은 예산을 들이
면서도(부산영화제의 예산보다도 많다), 정작 외국영화에 타이어 자막
을 대부분 넣지 않는다는 점이다. 물론, 방콕이 서울보다도 국제
화된 도시이기는 하지만 자국어 자막을 넣지 않으면서 자국 관객
을 어떻게 유치하겠다는 것인지 납득이 잘 안 가는 대목이다. 재
미있는 것은 일반 극장에서 상영하는 타이영화(영화제 상영작이 아
니라)에는 거의 대부분 영어자막이 들어가 있다는 점이다. 결국,
방콕국제영화제는 대중과 영화인이 함께 어우러지는 '축제'가 아
니라, 한바탕 '쇼'를 펼쳐 보이는 행사인 것이다. 바로 이 점 때문
에 타이영화인들의 불만이 점차 누적되고 있다. 영화제 기간 '시
암 파라곤'에서 만난 상당수의 타이영화인들(논지 니미부트르, 위시
트 사사나티앙, 아피찻퐁 위라세타쿤 등)이 자기는 그곳에 처음 와 본다
는 이야기를 하였었다. 안타깝지만 이것이 방콕국제영화제가 현
재 안고 있는 현실이었다.

　　필자는 타이영화를 보고, 타이영화인들을 만나기 위해
방콕국제영화제를 간다. 그리고 한 해의 타이영화를 개괄적으

로 정리하고 전망하는 기회를 가진다. 방콕국제영화제에서 접한 지난해와 올해의 타이영화는 침체기 그 자체이다. 공포영화가 대세이면서 눈에 띄는 작품은 극소수였다. 토니 자는 〈똠얌꿍〉을 끝으로 프랏야 핀꺼우 감독과 결별하였고, 논지 니미부트르, 위시트 사사나티앙, 아피찻퐁 위라세타쿤 등의 신작은 빨라야 올 연말, 혹은 내년에 나올 예정이며, 올해 베를린영화제 경쟁부문 진출로 타이영화의 체면을 세운 〈보이지 않는 물결〉의 펜엑 라타나루앙 역시 하반기나 되어서야 신작 촬영에 들어갈 예정이다.

흥행성적을 보면 지난 2005년 상반기에 자국의 코미디 영화 〈성자〉가 1억 4천만 바트의 수입으로 전체 1위를 차지하였다. 하지만, 상반기 최대 기대작이었던 지라 말리쿤의 〈틴마인〉(지난해 부산국제영화제 초청작)이 평단의 호평에도 불구하고 흥행에 실패함으로써 제작사 GTH가 타격을 입었고, 사하몽콜사 역시 〈아빠가 왔네〉와 토니 자의 〈똠얌꿍〉(1억8천만 바트)를 제외하고는 대부분 흥행에 실패함으로써 저조한 실적을 남겼다. 2005년의 전체 제작 편수도 2004년의 45편에 비해 39편으로 줄었다. GTH의 경우 지난해 9편의 영화를 제작하겠다고 발표하였으나 실제로는 3편만을 완성하였고, 또 다른 거대 제작사 파이브 스타는 〈악의 기술 2〉 단 1편만을 개봉하였을 뿐이다.

하지만, 올해는 상황이 다소 달라질 것으로 보인다. 그 가장 주요한 이유는 역시 젊은 감독들 때문이다. 최근 타이영화계는 젊은 감독들에게 집단으로 연출을 맡기는 독특한 방식을 많이 취하고 있다. 지난 2004년에 전주영화제에서 소개된 바 있는 〈마이 걸〉은 6명, 〈악의 기술 2〉(2005)은 7명, 〈약속하지 마세요〉(2005)는 3명, 〈마이 스페이스〉(2004)와 〈콜레스테롤 사랑〉(2004), 〈지 우이〉(2004), 〈서터〉(2004), 〈지옥〉(2005) 등은 2명이다. 그리고 이들은 각자 자기 프로젝트를 가지고 다음 작품을 독자적으로 연출하는 수순을 밟는다. 〈마이 걸〉의 경우 6명의 감독 중 송요스 숙마카난은 〈돔〉(2006), 콤크릿 트리위몬은 〈사랑하는 다칸다에게〉(2005), 니티왓 사라톳은 〈환절기〉(2006), 아디손 트레시리카세른은 〈럭키 루저〉(2006) 등을 만들었거나 만들고 있는 중이다. 〈서터〉의 반종 피산타나쿤은 〈혼자서〉를 만들고 있는 중이다. 이런 시스템은 GTH에서 시도하여 성공을 거둔 방식으로 타 회사에서도 점차 따라 하고 있는 추세이다. 이들 젊은 감독 중에서 타이영화의 미래를 짊어질 재능들이 나올 것으로 보인다.

장르별로는 역시 공포영화가 압도적이다. 그리고 이제 타이의 공포영화는 일본의 공포영화처럼 나름대로의 브랜드를 확보해 가고 있는 중이다. 타이식 '스플래터Splatter' 영화가 그것이다. 〈부파 라트리〉 1, 2탄, 〈악의 기술〉 1, 2탄, 〈지옥〉, 〈사스 전쟁〉, 현재 개봉 중인 〈발렌타인의 유령〉 등 최근 히트하고 있는 이들 공포영화의 공통점은 다름 아닌 신체절단, 또는 신체훼손에 집중하고 있는 작품들이다. 특히, 〈악의 기술 2〉

의 경우 신체를 훼손하는 갖가지 방법이 총동원되고 있는데, 웬만큼 비위가 강한 사람도 끝까지 보기가 힘들 정도이다. 공포보다는 혐오감을 불러일으키는 이들 영화에 타이 관객들이 열광하는 현상은 다소 기이하게 보인다. 하지만, 타이의 풍습과 문화를 들여다보면 그들이 유난히 인간의 몸에 집중하는 현상을 발견할 수 있다(그것이 좋은 의미이건, 아니건 간에).

69

벌써 4월을 넘기고 있습니다. 올해 부산국제영화제가 이제 6개월 정도 남았군요. 시간이라는 게 참 묘해서 '아직 시간이 많이 남았거니' 하고 생각한 게 어제 같은데 오늘은 '아이고, 이제 6개월밖에 안 남았네'라고 생각하게 되는군요. 나름대로 착실히 준비를 해 왔다고 머리로는 생각을 하면서도 뭐 빠뜨리고 지나온 것이 없나 하고 약간 불안해지기도 합니다. 특히, 올해는 인사이동이 좀 있어서 새로 뽑은 스태프들의 업무 파악에 대해 신경이 많이 쓰이는군요.

해서 오늘은 올 초부터 지금까지 출장 중에 있었던 몇 가지 에피소드를 정리해서 말씀을 드려볼까 합니다. 물론, 프로그래밍은 현재 차질 없이 진행 중입니다. 특별전도 이미 확정되어 진행 중이고, 프로그래머들의 출장도 바쁘게 돌아가고 있습니다. 전양준 프로그래머는 로테르담, 베를린, 우디네, 트라이베카 등을 돌았고, 저는 방콕, 홍콩, 중국 허페이/난징 등을 돌았습니다. 올해의 홍콩국제영화제에 관해서는 피프 에세이에 글을 올렸으니까 참조하시기 바랍니다.

저는 올해 홍콩국제영화제에서 10일간 있었습니다. 예년에 비해 좀 더 머문 편인데요, 올해가 홍콩국제영화제 30주년이라 그러기도 했고, 다른 일들도 좀 있었습니다. 홍콩국제영화제는 늘 그렇듯이 매우 안정적입니다. 비록, 1997년 이후 부족한 예산 문제나 정부 당국과의 미묘한 신경전이 상존하기는 하지만, 큰 변화 없이 영화제가 열리고 있습니다. 저의 경우 아무래도 홍콩영화 신작이나, 앞으로 나올 아시아의 신작과 관련된 정보 수집에 많은 시간을 할애할 수밖에 없습니다. 홍콩국제영화제 초청작을 부산국제영화제에서 상영하는 일은 그다지 많지 않으니까요. 다만, 전체의 흐름을 파악하는 일은 매우 중요하므로 영화는 열심히 보는 편입니다. 시간이 맞지 않으면 비디오 룸에서라도 봅니다. 때문에 시간적인 여유가 별로 없습니다. 어딜 구경간다든가 하는 일은 상상하기 어렵습니다. 중간에 약간 비는 시간이 있으면, 홍콩문화센터 대극장 주변의 침샤추이 중심가에 있는 CD 숍을 찾아 CD를 찾거나 새로운 식당을 찾는 정도입니다.

올해는 특히, 홍콩에서 한국과 홍콩의 합작영화 일을 주로 하고 있는 김철수 씨(올해 이분을 중국권 영화 코디네이터로 영입했습니다)가 소개한 북각北角의 서민식당 한 곳을 단골식당 명단에 올렸습니다. 일단 가격이 싸고 맛 또한 훌륭한데, 끊임없이 새로운 요리를 개발하는 퓨전식 중국 식당입니다. 주인 또한 명물인데요, 프루트 첸의 〈리틀 청〉에도 출연한 바 있는 단역 배우 출신입니다. 영화인들과 특히 가까워서 술은 기분 내키는 대로 제공하더군요. 그러다 보니, 이곳에서는 홍콩영화인들을 심심찮게 만나곤 합니다. 저는 마침 이곳을 방문 중인 말레이시아의 호유항과 아미르 무하마드, 홍콩 포커스필름의 다니엘 유 등과 함께 식사를 하면서 여러 가지 주요한 정보들을 수집할 수 있었습니

다. 따로 만난 프루트 첸은 당분간 제작에 전념한다고 합니다. 그
것도 홍콩감독이 아닌, 중국 본토의 젊은 감독들의 작품을 제작
한다는군요. 이미 성저민 盛志文의 〈환희〉는 완성하였고, DVD
도 받았습니다.

올 상반기 중 가장 주목받은 홍콩영화는 단연 팡호청의
〈이사벨라〉입니다. 올해 베를린영화제 경쟁부문에도 진출했
고, 홍콩국제영화제 개막작으로도 상영되었습니다. 팡호청의 재
능은 일찍이 부산국제영화제가 주목한 바 있습니다. 데뷔작 〈너
는 찍고 나는 쏘고〉를 소개하였고, PPP에는 〈나이키를 기다리
며〉를 초청한 바도 있습니다. 그와 제작자로 활동 중인 그의 아
내와 함께 점심을 하면서 차기작에 관한 의견을 나누었습니다.
차기작 역시 상당히 기대가 되는 작품인데, 안타깝게도 올해 부
산국제영화제까지는 완성이 불가능할 것 같더군요.

올해 홍콩국제영화제에서의 중요한 업무 중의 하나는 아
시아 각국의 다큐멘터리 전문가들과 만나 미팅을 하는 것이었
습니다. 여러분들도 아시는 것처럼, 지난해 부산국제영화제는
다큐멘터리 펀드를 여러 개 조성하였고 올해는 이를 좀 더 확장
할 예정입니다. 해서, 야마가타 다큐멘터리영화제, 타이완 다큐
멘터리영화제, 타이필름파운데이션의 관계자들과 미팅을 통해
부산국제영화제의 다큐멘터리 펀드를 기반으로 아시아의 다큐
멘터리 발전을 위한 보다 구체적인 기획안을 짜는 미팅을 가진
것입니다. 기획안이 보다 구체화되면 발표를 하겠지만, 이는 부

산국제영화제가 지난해의 아시아영화아카데미에 이어 아시아의 영화인재 교육과 비주류 장르에 대한 관심과 지원을 체계화하려는 장기 계획의 일환으로 진행되는 것입니다.

중국의 허페이와 난징 출장은 그곳에서 각각 열린 중국 다큐멘터리영화제와 중국독립영화제 참가를 위해서였습니다. 사실, 그동안 부산국제영화제는 중국의 독립영화를 그 어떤 영화제보다도 열심히 소개해 왔다고 자부합니다. 저의 중국 내 주요 인맥인 북경영화학교 장시엔민 교수가 허페이의 중국다큐멘터리영화제의 세미나에 저를 초청하였고, 비슷한 시기에 인접한 난징의 중국독립영화제에까지 초청한 것입니다. 중국이 워낙 땅덩어리가 큰 데다가 지하영화를 겉으로 드러내놓고 소개하기가 힘든 상황이라, 이들 영화제는 중국의 독립영화/다큐멘터리영화를 한자리에서 접하는 소중한 기회이기도 합니다. 그럼에도 불구하고, 해외에는 거의 알려져 있지 않아 난징의 중국독립영화제에 해외 게스트는 저 혼자였습니다. 중국 전역에서 모인 다큐멘터리 감독, 독립영화인들과 한자리에 모여 허심탄회하게 이야기를 나눈다는 것은 분명 소중한 기회였습니다. 저는 그들의 고민을 좀 더 이해하게 되었고, 그들과 형제처럼 함께 독립영화의 발전방안에 대해 의견을 나누었습니다. 그 결과 내년에는 한국의 독립영화를 초청, 상영하자는 조그마한 합의도 이루어 냈습니다. 올해도 당연히 여러분께서는 많은 중국의 독립영화 신작들을 부산국제영화제에서 접하게 될 것입니다. 다만, 좀 힘들

73

었던 것은 이 친구들이 워낙 토론을 많이 한다는 점이었습니다. 허페이에서는 세미나에 이어 밤 11시경부터 참가자 전체가 다 모여 차 한 잔을 놓고 토론을 시작하는 겁니다. 난징에서는 장장 5시간의 토론을 하였고요. 시쳇말로 '나를 초청해놓고 본전을 뽑는구나'라고 생각했죠. 하지만 그게 그들의 문화인 것을 곧 이해하게 되었지요. 난징에서는 지하영화 상영의 기지인 카페 '반파촌 半坡村'에서 그들과 후지에 胡杰의 신작 다큐멘터리를 같이 보면서 우의(?)를 다지기도 하였지요.

　　이번 중국 출장에서도 빠듯한 일정 때문에 어딜 제대로 둘러보지도 못했습니다. 꼭 들러보고 싶었던 허페이 근처의 황산도 그렇거니와 난징에서 상하이로 가는 기차 안에서 소주 역을 지날 때는 가슴이 쓰리더군요. 하지만, 즐거웠던 일도 있었습니다. 바로 중국 영화음악 CD 모음집을 구입한 일입니다. 지난해가 중국영화 탄생 100주년이었는데요, 이를 기념하여 중국영화박물관이 건립되었고, 중국영화음악 모음집이 만들어졌습니다. 모두 6개의 패키지앨범이 발매되었는데, 각 패키지에 4장의 CD가, 그리고 각 CD에는 90여 개의 곡이 담겨져 있어 총 566개의 곡이 담겨져 있는 것입니다. 30년대의 〈대로〉에서부터 최근작에 이르기까지 그야말로 중국영화의 대표작들이 망라되어 있는 셈이지요(물론 그중에는 소위 선전용 영화도 포함되어 있습니다). 이 CD집을 발견했을 때의 그 뿌듯함은 이루 말로 표현하기가 힘들 정도였습니다. 만세를 부르고 싶은 심정이었습니다. 게다가 가격도 싸서 총 300위안밖에 들지 않았습니다. 사실, 영화음악과 관련해서는 올해 저희 영화제가 준비 중인 프로젝트가 하나 있습니다. 아직 준비 중이라 밝힐 단계는 아니고요, 이 기획이 성사되면 아마도 여러분들께서도 많이 사랑해 주시리라 믿습니다. 아무튼, 이번 홍콩과 중국 출장에서는 희귀 앨범을 많이 구해서 행복한 출장길이 되었답니다.

마지막 에피소드 하나만 전해드리죠. 최근 중국 정부는 영화산업을 개방하면서 불법 복제물을 대대적으로 단속하겠다고 발표한 바 있습니다. 그 뒤 과연 어떻게 되었을까요? 짐작하시겠지만 실효 무! 입니다. 불법복제물의 화질은 더 좋아지고 내용은 더 다양해졌습니다. 화질이 더 좋아진 것을 어떻게 아느냐고요? 고백하건대, 저도 좀 샀습니다(죄송;; 장시엔민 교수가 사러 가자고 하도 꼬셔서, 그만…). 그런데 불법복제물 가운데 중국의 고전영화도 있습니다. 이런 고전영화는 되려 불법복제물 가게에서 더 쉽게 구할 수 있습니다. 정품을 파는 가게 찾기가 너무 어렵기도 하고요. 가격은 10~20위안대입니다. 저한테는 그야말로 보물창고인 셈이지요. 지금도 이번에 사 온 불법 CD를 열심히 보고 있습니다. 내년도 우리 영화제의 특별전 '아시아 작가영화의 새 지도 그리기(3)'의 주인공 중 한 명으로 생각하고 있는 감독의 40년대 작품입니다.

이제 6월까지는 5월의 칸국제영화제와 6월의 대만, 중국 북경과 상하이영화제 출장이 남아있습니다. 이후 다시 한 번 출장 소식 전해 올리겠습니다. 그때 다시 뵙겠습니다. 감사합니다.

[부산국제영화제 칼럼] **외로운 줄타기, 중국의 독립영화**

지난 4월 18일부터 23일까지 중국 허페이合肥와 난징南京을 다녀왔다. 허페이에서는 제3회 중국다큐멘터리영화제가, 난징에서는 제3회 중국독립영화제가 열렸고, 허페이에서는 다큐멘터리영화제 주최로 국제영화제에 관한 세미나가 있었다. 4월 19일 안후이대학安徽大學에서는 부산국제영화제에 관한 필자의 1시간여에 걸친 발제가 진행된 후 관객과의 질의응답 시간이 있었다. 중국다큐멘터리영화제 주최 측은 아시아에서 다큐멘터리 전문영화제인 야마가타 국제다큐멘터리영화제와 아시아의 다큐멘터리에 깊은 관심을 보이고 있는 부산국제영화제의 프로그래머를 초청하여 현황과 교류방안을 살펴보고자 한

난징 독립영화의 산실인 카페 '반파촌'에서 후지에의 신작 다큐멘터리가 상영 중이다

것이다. 올해로 3회째인 중국다큐멘터리영화제에서는 총 23편
의 장·단편 다큐멘터리가 상영되었다. 난징에서 열린 장편 극영
화 10편, 장편 다큐멘터리 10편과 함께 실험영화, 단편영화 등
이 소개되었다.

　　이 두 영화제는 열악한 예산과 부족한 홍보 등으로 언론
은 물론 일반 관객의 관심을 끌지는 못하였지만, 2006년 현재의
중국의 독립영화를 살펴보고 독립영화인의 고민과 비전을 살펴
보는 데는 더할 나위 없는 장소였다. 먼저, 이 두 영화제를 운영
하는 주체부터 보자. 다큐멘터리영화제와 독립영화제 양쪽 모두
에 현상공작실現象工作室의 대표 주리쿤朱日坤의 이름이 올라가
있고, 프로그래밍에는 베이징영화학교의 장시엔민張獻民 교수의
이름이 올라가 있다. 말하자면 주리쿤, 장시엔민 이 두 사람이 이
들 영화제의 핵심 인물들인 셈이다.

　　현상공작실은 2001년에 설립되었으며, 독립영화 제작,
배급, 출판 등의 업무를 하고 있다. 장시엔민 교수는 프랑스 페미
스 출신으로 중국 독립영화에 관한 가장 활발한 저술가이며 독
립영화 제작가이기도 하다. 그는 현재 지난해 부산국제영화제의
PPP 초청 프로젝트인 긴 샤오어의 〈먼지속의 삶〉의 제작을 추
진 중에 있다.

　　최근 중국영화는 주류의 경우 베이징 올림픽을 앞두고 개
방정책을 취하고 있고 해외와의 합작도 크게 늘고 있으며, 지하
영화 감독들을 지상에 끌어 올리는 유화정책도 펴고 있다. 그 결

과 지아장커, 왕샤오슈아이, 장위엔 등이 지상으로 올라갔다. 그
렇다면 여전히 지하에 남아 있는 이들 대부분의 독립영화인은 과
연 무슨 생각을 하고 있고, 어떠한 비전을 가지고 있는가 하는 점
이 필자가 이들 영화제에 참가하여 살펴보고자 한 점이었다. 중
국에는 전국 단위의 독립영화 조직이 없다. 때문에 영화제는 이
들이 한자리에 모이는 중요한 장소이다. 다큐멘터리영화제의 경
우 허페이까지 기차로 36시간이 걸리는 흑룡강성에서 온 유광이
를 비롯하여, 맏형격인 우웬광, 후지안성에서 온 셴샤오민, 산동
성에서 온 리와커, 지앙시성에서 온 리우가오밍, 시추안성에서
온 후앙루시앙 등 중국 각지에서 그야말로 산 넘고 물 건너온 다
큐멘터리 감독들이 모였다. 그들에게는 영화제 참가도 중요하지
만, 1년에 이렇게 한 번씩 모여 의견과 정보를 교환하는 만남도
매우 중요한 듯 보였다. 따라서 토론은 필수 코스였다. 4월 19일,
이날의 마지막 상영이 모두 끝난 뒤 밤 11시 무렵에 이들은 모두
안후이농업대학의 한 회의실에 자리를 함께하였다. 그리고 차를
마시며 기나긴 토론에 들어갔다. 토론의 주제는 따로 정해진 것
이 없었다. 지난 1년 동안의 각자의 활동 상황을 설명하고 다른
사람들의 의견을 구하는 식이었다. 이날 가장 많이 논의된 내용
은 비슷한 성격의 윈난다큐멘터리영화제와의 교류, 그리고 국영
CC-TV가 다큐멘터리를 활성화시킨다며 개최한 다큐멘터리 회
의가 얼마나 비전문적이며 낭비적이었는가를 성토하는 것 등이
었다. 중국의 독립영화인들의 이러한 토론문화는 난징의 독립영

79

난징예술학교에서 열린 토론회의 모습

화제에서도 이어졌다. 4월 21일 난징예술학교에서는 독립영화인들을 비롯, 작가, 화가들이 다 함께 모여 중국 독립영화의 현황과 발전방안에 관한 토론이 4시간 가까이 이어졌다. 구체적인 결론이나 방안의 제시도 중요하지만, 각자의 문제의식을 공유하고 자기 존재를 확인하는 내용이 주를 이루었다.

이들 토론회에서 확인된 내용은 다큐멘터리와 극영화를 포함, 중국에서는 연간 100여 편의 독립영화가 만들어지는 것으로 추정된다는 것이었다. 추정할 수밖에 없는 이유는 전국적인 단위의 협회가 없을뿐더러, 지하영화가 많기 때문이다. 최근의 흐름은 베이징 중심에서 벗어나 상하이, 항저우, 산동 지방에 이르기까지 독립영화의 제작이 광범위화되고 있다는 점이다. 특히, 항저우의 단편영화 붐은 주목할 만하다.

중국의 독립영화가 90년대 이후 이러한 흐름을 이어온 것은 중국의 독특한 카페문화가 큰 역할을 하였다. 초창기의 16㎜에서 최근에는 주로 디지털로 제작되는 이들 독립영화들은 무엇보다도 상영공간의 확보가 큰 난제였다. 그런데 카페나 바에서 작품을 상영하는 움직임들이 90년대 이후 생겨났고, 이후 카페나 바는 독립영화의 주요한 보금자리가 되었다. 독립영화제가 열리고 있는 난징의 경우만 해도 난징대학교 정문 앞에 있는 카페 '반파촌 半坡村'이라는 명소가 있다. 이곳은 주웬(부산국제영화제에 <해선>과 <구름의 남쪽>이 초청되었으며, 최근 가장 주목받는 독립영화 감독으로 손꼽힌다)과 다큐멘터리계의 이단아 후지에가 그들의 지하영화를 틀곤 하던 곳이다. 지금도 대부분의 디지털로 만들어진 독립영화는 이런 카페 같은 곳에서 상영된다. 그리고 대학이나 미술작업공간, 전시관 등이 그러한 역할을 함께 나누고 있다. 이번에 허페이와 난징에서 열린 두 영화제의 경우도 안후이대학교와 중국과학기술대학(허페이 소재), 남시각미술관 南視覺美術館과 난징예술학교(난징 소재) 등이 후원을 하였다. 문제는 이들 행사들이 당국의 검열과 간섭을 피하는 방법이다. 다큐멘터리영화제의 경우 당국에 '다큐멘터리는 영화가 아니다'라는 논리로 간섭을 피해간다. 그래서 홍보도 그다지 열심히 하지 않는다. 너무 많이 알려지면 오히려 당국의 주시를 받게 되기 때문이다.

81　　지난 22일 있었던 독립영화인들의 2차 회의에서는 다음

과 같은 회의 결과를 도출하였다. 하나. 내년도 난징독립영화제
에서부터는 경쟁부문을 도입한다. 하나. 영화제 초청작 중 일부
를 극장에서도 상영한다. 하나. 내년부터는 외국의 독립영화도
초청 및 상영한다. 하나. 중국독립영화에 관한 웹사이트를 개설
한다 등이다. 외국의 독립영화 상영에 관한 논의는 필자와 나눈
논의 가운데 나온 안이다. 즉, 한국의 독립영화를 상영하고 교류
를 추진하자는 내용을 상의한 결과이다. 그리고 지하영화 감독
이 대부분인 이들 독립영화인들은 지상으로 올라간 감독들에 대
해 그다지 부정적인 인식을 가지고 있지 않았다(장위엔처럼 드러내
놓고 당의 정책에 부합하려는 경우는 예외). 해서 난징 중국독립영화제
의 후견인으로 왕샤오슈아이 감독이 위촉되었고, 그는 개막식에
참가하여 인사말을 하기도 하였다. 지상에 있건 지하에 있건 작
가정신을 잃지만 않으면 상관없다는 것이 그들 대부분의 의견
이었다.

중국의 독립영화는 여전히 건강하며, 많은 재능의 보고
이다. 다만, 주변의 환경 때문에 겉으로 자신을 잘 드러내지 못하
고 있다. 난징의 중국독립영화제에 공식 초청된 해외 게스트는
필자 한 사람뿐이었다. 때문에 전국적인 조직도 만들지 못하고
있다. 다만, 다큐멘터리영화제나 독립영화제와 같은 행사를 통
해 한자리에 모여 서로의 정체성을 확인하고 서로를 격려한다.
국내외적으로 이들의 고뇌를 제대로 이해해 주는 국외자는 거의
없다. 중국다큐멘터리영화제나 중국독립영화제의 존재 자체도

제3회 중국 독립영화제가 열린 난징의 남시각미술관 |

제3회 중국 독립영화제가 열린 허페이의 안후이 대학교 도서관 전경 |

허페이중국다큐멘터리영화제 (2006)

거의 알려지지 않았다. 부산국제영화제가 중국 주류영화의 소개
를 소홀히 한다는 비판을 받고 있기는 하지만, 이들 중국의 독립
영화에 쏟는 부산국제영화제의 관심은 앞으로도 계속될 것이다.

지난 5월 16일부터 27일까지 칸국제영화제를 다녀왔습니다. 그동안 국내외 언론을 통해 경쟁부문 초청작들을 포함한 각종 소식을 신속하고 광범위하게 접하셨으리라 믿습니다. 오늘은 부산국제영화제 프로그래머로서 칸에서 겪었던 일들과 에피소드를 소개하고자 합니다.

언젠가 지면을 통하여 말씀드린 바 있지만, 저는 공식 상영작에 대해서는 크게 관심이 없습니다. 마켓 배지를 가지고 주로 마켓 상영작들을 찾아다닙니다. 물론 대체적으로는 상업영화가 소개되기는 하지만, 가끔 마켓 상영작 중에 뜻밖의 보석을 발견하기 때문이죠. 그리고 마켓에 참가한 아시아 지역 회사들은 필수적으로 방문을 합니다. 이제는 어떤 회사가 어떤 위치에 부스를 내는가를 훤히 꿰뚫을 정도입니다. 마켓 부스를 즐겨 찾는 이유는 마켓 상영에 포함되지 않은 작품이나, 앞으로 나올 작품들에 대한 생생한 정보를 얻을 수 있기 때문이죠. 아시아 지역 회사들 부스의 관계자들 역시 이제는 제가 찾아가면 알아서 신작 스크리너를 순순히 내놓습니다. 그런데 올해는 마켓 상영작의 수준이 예년만 못해서 실망스러웠습니다. 그래도, 제가 하루에 평균 6편을 마켓 극장에서 보고, 50여 편의 스크리너를 받아왔으니까 합하면 110편 정도의 신작을 보았거나 스크리너를 입수한 것입니다.

85

한 자리에서 이런 성과를 거둔다는 것은 분명 쉬운 일은 아니죠. 제가 칸을 반드시 가야 하는 이유가 거기에 있습니다. 또 하나 중요한 임무는 각종 리셉션에 참가하는 것입니다. 무슨 파티를 즐기려는 것이 아니라, 되도록 많은 사람을 만나서 정보를 구하려고 하는 것이지요. 올해는 특히, 새롭게 칸 마켓에 진출한 아시아계 회사들이 많아서 반갑기는 했지만 한편으로는 힘들었습니다. 저희 영화제가 올해 새롭게 출범시키는 아시안 필름마켓의 새로운 스태프들에게 이들 회사를 소개시키는 일도 중요한 임무 중의 하나였습니다. 다행히, 대부분의 회사와 영화 관련 국가 기관들이 아시안 필름마켓 참여의사를 밝힘으로써 큰 힘이 되었습니다. 아무튼, 마켓에서 건져 올린 몇몇 수작들과 부스와 리셉션에서 만난 수많은 아시아 영화인들과의 만남이 이번 칸에서 거둔 커다란 성과였습니다.

올해 칸에서 확실히 아시아영화의 성장세는 눈부셨습니다. 비록, 공식 초청작은 예년에 비해 줄어들었지만, 마켓에서는 매우 활발한 움직임들을 보여주었습니다. 베트남, 필리핀 등 새롭게 칸 마켓에 진출한 국가들도 그렇거니와, 공주(태국), 문화부 장관(인도네시아, 대만) 등이 자국영화 세일즈를 위해 리셉션에 참가하는 열의를 보여주기도 하였습니다. 제 개인적으로는 베트남의 새로운 네트워크를 개척한 것이 가장 큰 수확이었습니다. 그동안 당낫민이나 민뉴엔보 감독 등 확실한 네트워크가 있기는 하였으나, 최근 활동이 좀 뜸하거나 해외에 거주하는 관계로 원활한 관계를 유지하지는 못하였었죠. 그런데 이번에 '베트남 미디어'와 새롭게 관계를 만들면서 보다 확실한 네트워크를 구축할 수 있었습니다. 두 편의 신작영화를 월드 프리미어로 확보한 것도 수확이었고요. 열흘 동안에 이러한 스케줄을 소화해 내는 것이 쉬운 일은 아닙니다.

칸에서의 저의 일과를 잠깐 소개해 드리죠(5월 24일 자).

09:00 이란영화사 CMI, SMI 미팅
09:30 태국영화사 GTH 미팅
10:00 이란영화 〈Journey to Hidalu〉 관람
12:00 일본영화 〈Vanished〉 관람
14:00 말레이시아영화 〈Rain Dogs〉 관람
16:00 사우디아라비아영화 〈Kief Halak〉 관람
18:00 인도영화 〈Mixed Double〉 관람
20:00 도쿄필름엑스영화제 하야시 카나코 집행위원장 저녁 식사
24:15 대만영화 〈Silk〉 관람

하지만 이것으로 끝이 아닙니다. 영화제 기간 약 30종이 넘는 데일리가 매일 발행되는데요, 그중 영어판 데일리 5종 정도를 챙겨 두었다가 잠자리에 들기 전에 체크해야 합니다. 새로운 소식이나 스케줄 변경 사항을 미리 파악해 두어야 하기 때문

87

입니다.

그런데 저만 이런 스케줄을 소화하는 것이 아닙니다. 오히려 제 스케줄은 양반입니다. 저희 김동호 위원장님의 하루 일정은 더 빡빡합니다. 워낙 미팅이 많으시기 때문이죠. 그런데 매일 이런 스케줄을 기간 내내 소화하십니다. 위원장님은 호텔에서 묵으시고, 저와 전양준 프로그래머는 아파트에서 기거를 하는데, 위원장님이나 전 프로그래머의 경우 매일 아침 8시 반에 시작되는 기자시사를 빼놓지 않고 보기 때문에 7시 이전에 무조건 일어납니다. 취침 시간은 보통 2~3시경이고요. 가히 살인적인 스케줄이라 할 만하지 않습니까? 저의 경우 마켓 상영 시작이 대개 9시 15분 경이라 약간의 여유가 있는 편이지만, 부엌에서 아침상 차리는 소리 때문에 늘 비슷한 시간에 일어날 수밖에 없었답니다. 그래서 칸을 한번 갔다 오면 2~3kg 정도 몸무게가 빠집니다. 하지만 돌아오는 날, 제 가방에 수북하게 쌓여 있는 자료와 스크리너를 생각하면 입가에 미소가 절로 생겨납니다. 농사지으시는 분들, 가을걷이하는 기분이라고나 할까요?

저는 며칠 후 다시 중국과 대만 출장을 갑니다. 눈에 번쩍 띄는 좋은 작품들 많이 찾아서 돌아오도록 하겠습니다. 그리고 다시 한 번 글을 올리도록 하겠습니다.

6월 한 달은 해외 출장으로 상당히 바빴습니다. 중국 베이징과 상하이를 거쳐 대만의 타이페이를 다녀왔습니다. 베이징에서는 주로 많은 영화인을 만나고 신작의 시사용 비디오나 DVD를 받아 왔습니다. 상하이에서는 상하이영화제와 상하이 TV와 필름마켓을 둘러보았습니다. '참가하였다'는 표현을 쓰지 않고 '둘러보았다'는 표현을 쓴 데는 그만한 이유가 있습니다. 사실 저는 그동안 상하이영화제에는 한 번도 참가한 적이 없습니다. 프로그램이 별로 좋은 것도 아니고, 운영상의 문제에 대한 정보를 가지고 있었기 때문입니다.

그런데 올해는 부산영화제에 마켓이 생기고 중국의 업체들을 두루 만나야 할 필요성 때문에 상하이영화제를 둘러본 것입니다. 그런데 아니나 다를까 재미있는 일들이 벌어졌습니다. 첫째 날, 공항으로 픽업을 나오겠다는 영화제 측의 약속과는 달리 아무도 나오지 않아서 여기저기 연락한 끝에 겨우 영화제 스태프를 만나 숙소인 호텔로 옮겨갈 수 있었습니다. 그리고 ID 카드를 발급받은 뒤 상영관에 영화를 보러 갔습니다. 메인상영관인 '영성시네마'가 바로 호텔 옆이라 편하기는 했습니다. 그런데 티켓 카운터에 ID카드를 내밀며 표를 요구하니 돈을 내야 한다더군요. 그것도 50위안이나 말입니다. 일찍이 상하이영화제에서 게스트들에게 입장료를 받는다는 소식은 익히 듣고 알고는 있었

89

지만, 지금도 그러한 제도가 시행 중일 것이라고는 미처 생각을 못하였던 저로서는 좀 당황스럽더군요. 그런데 제 ID카드를 다시 확인해 보니 VIP라는 문구가 뚜렷이 박혀 있더군요. '음… 돈을 내고 영화를 봐야 하는 게스트라 VIP인가?'라는 생각이 들더군요. 그래서 스태프에게 다시 물었습니다. '그럼, 모든 영화를 다 돈을 내고 봐야 하는가?' 그랬더니, 그건 아니라는 것입니다. 그러더니, 뭔가 주섬주섬 찾더군요. 그리고는 종이 한 장을 저에게 내밀더군요. 그 종이에는 여러 편의 작품 리스트가 적혀 있었고, 그 작품들은 티켓을 무료로 발급해 준다는 것입니다. 그 순간, 저는 두 가지 점 때문에 화가 좀 났습니다. 첫째는 왜 그 리스트를 미리 게스트들에게 나누어 주지 않았는가 하는 것이었고, 두 번째는 정작 제가 봐야 할 중국영화가 그 리스트에는 빠져 있는 것입니다. 자국영화를 해외 게스트들에게 적극적으로 소개해야 하는 가장 중요한 임무를 상하이영화제는 소홀히 하고 있던 것입니다. 그래서 제작자들에게 비디오를 받는 것으로 전략을 수정하고 미팅에만 주력하였습니다. 반면에 꽤 유명한 해외 게스트들이 이번 영화제를 찾았더군요. 성룡, 이안 등 중국권 게스트는 물론 메릴 스트립, 심사위원장인 뤽 베송, 리암 니슨, 앤디 맥도웰, 게다가 시계회사 프로모션차 상하이를 방문한 니콜 키드먼에 이르기까지 게스트의 면면은 화려했습니다. 이제 상하이영화제가 어디에 관심을 기울이는 영화제인지 대충 짐작이 가시리라 믿습니다.

저는 다시 필름마켓이 열리는 컨벤션 센터를 방문하였습니다. 컨벤션 센터로 가는 셔틀이 있냐는 저의 질문에 셔틀이 뭐냐고 묻는 스태프를 뒤로하고(그날따라 왜 그리 덥던지!), 마침 상하이를 찾은 우리 영화제 마켓의 스태프와 함께 컨벤션 센터를 찾았습니다. 그리고 이미 약속이 되어 있던 몇몇 회사와 미팅을 하였습니다. 특히, 화이 브라더스 같은 큰 회사와의 미팅은 유익하였습니다. 화이 브라더스는 우리 마켓에 부스를 내겠다고 현장에서 약속을 하였고, 앞으로도 긴밀히 연락을 취하기로 하였습니다. 그런데 마켓 부스를 나온 뒤 40도를 육박하는 더위에 너무 힘들어서 커피숍을 찾으니 딱 한 곳이 있더군요. 그나마, 코딱지만 한 곳이라 한참 동안 줄을 서야 했습니다. '이번 상하이 출장은 극기훈련이야. 참아야 해.' 속으로 몇 번씩 다짐하곤 했습니다. 저녁에 상하이 소룡포 만두의 달콤한 유혹이 없었다면 어찌되었을까요? 그래도 저는 상하이가 좋습니다. 상하이의 고풍스러운 도시 풍광과 현대적인 아름다움, 그리고 뛰어난 먹거리는 수도 베이징이 도저히 따라올 수 없는 매력입니다. 다만, 6, 7월에만은 피하고 싶습니다.

중국 출장에서 돌아온 이틀 뒤 다시 타이페이로 향했습니다. 타이페이국제영화제에 참가하기 위해서였습니다. 이곳에서는 비교적 자유롭게 대만영화 신작을 살펴볼 수 있었습니다. 특히, 제가 단편영화 시절부터 주의 깊게 지켜보았던 쳉유치에 감독의 장편 데뷔작 〈일년지초 一年之初〉는 올해의 수확이었습

91

니다.

그리고 허우샤오시엔 감독과는 많은 이야기를 나누었습니다. 7월 9일 프랑스로 건너가 넉 달 동안 신작 촬영과 편집을 해야 하는 그로서는 올해 우리 영화제 아시아영화아카데미 교장직 수행 여부가 고민거리입니다. 제작 중간에 영화제를 다녀갈지, 아니면 올해는 교장직을 포기할지에 대해 논의를 하였고, 제작 스케줄을 좀 더 살펴본 다음에 최종 결정을 내리기로 하였습니다. 그리고 그의 다음 프로젝트에 대해서도 이야기를 나누었습니다. 그의 다음 프로젝트는 아마도 획기적인 작품이 되리라 기대합니다.

무협극 〈섭은랑〉이 바로 그것입니다. 이미 정부로부터도 150만 위안의 제작비 지원을 받았고, 한창 시나리오 작업 중이라고 합니다. 그리고 캐스팅은 한, 중, 일 다국적 배우 기용을 고려 중이라고 하였습니다. 아마도, 프랑스 프로젝트(아직 제목도 미정)가 다 끝나고 연말쯤 되면 〈섭은랑〉의 구체적인 제작계획이 모습을 드러내겠지요. 6월 29일에는 말레이시아에서 신작 〈혼자 자고 싶지 않아〉(PPP 프로젝트명 〈흑안권〉)의 촬영을 마치고 막 귀국한 차이밍량을 만났습니다. 그리고 편집실을 찾아 신작의 현장편집본을 보았습니다. 뭐, 예상했던 대로 아주 훌륭했고요, 베니스 경쟁부문 진출도 확실한 것 같았습니다. 특히, 1인 2역을 맡은(그것도 전신마비 상태와 구타로 인한 심신장애를 겪고 있는 두 인물) 리강생의 연기는 눈부십니다. 베니스에 진출한다면 연기상을 노려볼 만하다고 봅니다. 그리고 장초치도 만났습니다. 장초치도 대표적인 '월드컵' 감독입니다. 거의 4년에 영화 한 편씩을 만드니까요. 장초치는 지난해 PPP 프로젝트였던 〈나비〉의 후반작업이 한창이었습니다. 그런데 돈이 없어서 중요한 CG 작업을 하지 못하고 있었습니다(나비와 돌고래가 등장하는 장면). 그 때문에 베니스까지는 완성이 불가능해 보였습니다. 저는 국내 수입사나 배급사에 연결이 가능한지 알아보기로 하였습니다. 차이밍량 정도의 재능을 가진 감독이면서도 늘 어렵게 띄엄띄엄 작품을 만들어야 하는 그의 상황이 안타깝기만 합니다.

이 밖에도 대만은 현재 막 후반작업 중인 작품이 많아 올해 우리 영화제에서 프리미어 상영작을 꽤 여러 편 가져올 수 있을 것 같습니다. 물론, 토론토나 몬트리올, 산 세바스찬 영화제 등과 같은 경쟁 상대를 제쳐야 하는 부담이 있기는 하지만, 예년보다는 상황이 좋다는 판단이 듭니다.

P.S.

저는 공교롭게도 '정치적 대지진'이 일어날 때마다 대만을 찾게 되는군요. 2004년 3월의 총통선거 직후 격렬한 시위 현장에 있었고, 올해는 총통 탄핵 시위 현장에 있었습니다. 게다가 타이페이국제영화제의 조직위원장이 첸수이변 총통의 최대 정치적 라이벌로 떠오른, 국민당 주석이면서 차기 총통으로 유력한 마잉저 타이페이 시장입니다. 타이페이국제영화제가 정치적 풍파에도 별 영향을 받고 있지 않아 그나마 다행이라는 생각이 듭니다.

93

2007

도쿄필름엑스 영화제 출장(2007년 11월 19일~24일)

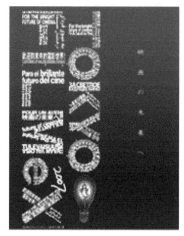

2007 도쿄필름엑스영화제 포스터

11월 19일 월요일

부산에서 나리타 공항까지 불과 1시간 40여 분. 공항에는 영화제 측에서 픽업서비스가 나와 있다. 그런데 동승자가 있다. 마흐말바프가의 막내 하나와 오빠 메이삼이다. 이 둘은 나를 깜짝 놀라게 하였다. 하나는 꼬마 때부터 보아왔고, 메이삼도 청소년 때부터 만나기 시작하였는데, 지난 몇 년 동안 못 본 사이에 둘 다 어른이 되어 버렸다. 물론 하나는 아직 소녀티가 남아있기는 하지만, 훌쩍 커버린 키 때문에 놀라움은 더 컸다. 하나 역시 내 핸드폰에 저장되어 있는 아들 이진이의 사진을 보고는 깜짝 놀란다. 하나가 이진이를 처음 보았을 때가 4살 때였으니까 이제 초등학교 4학년이 된 이진이의 모습을 보고 놀라는 것도 무리는 아니다. 하지만, 한편으로는 하나가 안쓰럽기도 했다. 알려진 것처럼, 아빠 모흐센 마흐말바프 감독은 이란으로 돌아가지 못하고 타지키스탄에 머물고 있고, 지난봄 언니 사미라의 영화를 아프가니스탄에서 촬

97

영하던 도중 폭탄테러가 터져서 심각한 정신적 후유증을 앓고 있
기 때문이다. 이번에 도쿄에 오빠가 동행한 이유도 그 때문이다.

　　히가시 긴자에 있는 호텔에 도착하니 아직 체크인 시간
이 아니란다. 일단 짐을 맡기고 영화제 상영관과 임시 사무실이
있는 긴자의 아사히 홀을 찾았다. 1회 때부터 올해까지 9년 동안
찾은 영화제라 지리는 훤하다. 사무실에 들르니, 하야시 가나코
집행위원장은 자리를 비웠고, 이치야마 쇼조 프로그램 디렉터가
있다. 일단 선물을 전달하고 게스트 패키지를 챙겼다. 내가 도쿄
필름엑스영화제를 찾는 이유는 영화제에서 상영되는 작품 때문
이 아니다. 이곳에서 상영되는 영화는 늘 그렇듯이 대부분 본 영
화들이다. 대신, 인더스트리 스크리닝을 따로 하는데, 이곳에서
는 초청작 외에 일본 영화 신작들을 볼 수 있다. 물론, 이들 영화
도 이듬해 10월에 열리는 우리 영화제와는 대부분 인연이 없지
만, 하반기 일본 영화의 흐름을 파악하는 데에는 더없이 좋은 기
회이다. 내일부터 시작되는 인더스트리 스크리닝의 상영작 정보
를 파악하면서 첫날을 보낸다.

11월 20일 화요일

　　호텔에서 걸어서 15분 거리에 있는 국립영화센터에 갔
다. 이곳에서 인더스트리 스크리닝이 있기 때문이다. 그런데 인
더스트리 스크리닝 센터는 업무를 10시 반에 시작한다고 되어
있는데, 정작 국립영화센터는 11시에 문을 연다고 한다. 이런 난

감할 데가… 11시에 문이 열려 올라갔더니, 스태프들은 그 사실을 전혀 모르고 있다. 인더스트리 스크리닝 책임자인 히로미 아이하라는 10년지기이다. 그녀에게 정황을 설명해 주었더니 미안해한다. 이곳에서 진행되는 인더스크리 스크리닝은 일본 영화의 해외진출을 지원하는 유니재팬과 도쿄필름엑스영화제가 공동으로 주관하며, 상영 외에도 51편의 신작 DVD(시중에 발매되는 DVD가 아닌, 영문자막이 들어가 있는 영화제용 DVD)를 준비하여 게스트들이 볼 수 있게 한다. 아직 이른 시간인지 게스트는 나밖에 없다. DVD 플레이어는 모두 3대가 준비되어 있다. 오늘은 이곳에서 모두 4편의 신작을 보았다. 그리고 버라이어티지에서 게스트들을 위한 런천을 준비해 두었다. 런천 리셉션에서 울리히 그리고 전 베를린영화제 포럼 운영위원장 부부, 크리스티앙 전 칸국제영화제 프로그래머, 하야시 가나코 도쿄필름엑스 집행위원장 등을 만났다.

오늘 본 작품 중에서 이사카 사토시의 〈코끼리의 등〉은 암으로 죽음을 맞이하는 중년 남자의 이야기를 그린 작품으로 현재 개봉 중인 작품이다. 야쿠쇼 코지의 연기가 역시 압권이다. 이번 도쿄필름엑스영화제의 경쟁부문 초청작이며 월드 프리미어 상영작인 이즈미 다카하시의 〈마음이 열망하는 것〉은 다소 실망스럽다. 데뷔작 〈아침의 수프〉(2004)를 인상 깊게 보았던지라 더더욱 그러하다. 남녀 간의 복잡하게 얽힌 심리드라마가 다소 산만하게 진행되는 아쉬움이 많이 남는다. 나루시마 이

99

즈루의 〈미드나잇 이글〉은 2007년 도쿄영화제 개막작이었다. 액션 스릴러이긴 한데, 해외에서는 별 호응을 얻지 못할 것 같다. 이런 식의 액션 스릴러는 일본 영화만의 공식이 있는데, 좀 진부하다. 2006년도 히트작이었던 〈우미자루 2〉와도 여러모로 닮아 있다. 이를테면 위기 상황에서 주인공이 연인(우미자루 2) 혹은 처제(미드나잇 이글)와 통화를 하게 되고, 두 사람의 대화는 작전본부 사람들이 다 듣는다. 그리고 눈물 흘리는 사람이 있고, 뭐 그런 식이다. 하지만, 이런 식의 영화는 대부분 TV 방송사가 공동제작 혹은 프로모션을 책임지는 방식으로 만들어지며 흥행에도 대부분 성공한다. 지금 일본 영화는 이런 성공 방식의 달콤함에 빠져 있다.

11월 21일 수요일

오늘도 국립영화센터에서 일정을 소화하며 모두 6편의 신작을 보았다. 2008년에 열리는 로테르담영화제의 경쟁부문에 초청을 받은 와카기 신고의 〈별빛 속의 왈츠〉는 좀 평이하다. 고향으로 내려온 사진작가의 눈에 비친 가족과 친지들의 모습을 다큐멘터리 스타일로 담아낸 작품으로 감독의 데뷔작이다. 감독 자신이 실제 사진작가이기도 하다. 소위 '한 예술' 하는 영화이기는 한데, 임팩트가 좀 약하다. 후카사쿠 겐타의 공포물 〈X-Cross〉는 그냥 재미있게 볼 수 있는 상업영화이다. 히로키 류이치의 〈너의 친구들〉은 매우 흥미롭다.

〈바이브레이터〉(2003)에서 여성의 미묘한 심리를 세밀하게 잡아낸 바 있는 류이치는 학창 시절 소외감을 느끼는 여러 인물의 관계를 촘촘하게 풀어나간다. 이제 막 완성되어 해외 영화제 프로그래머들에게 소개하고 있는 중이라, 로테르담이나 베를린에서 관심을 가질 것 같다. 쿠사노 요카의 퀴어시네마 〈금지된 사랑〉은 신파조의 멜로영화이고, 토시오 고토의 〈뷰티〉는 올해 도쿄영화제 초청작으로 지방의 조그마한 규모의 가부키 극을 지키는 배우들의 이야기를 멜로 형식으로 풀어나가는 작품이다. 하지만, 역시 매우 진부하다. 〈람킨카르 바이즈〉는 인도의 거장 리트윅 가탁이 미처 완성시키지 못했던 유작을 가편집본으로 보여주는 다큐멘터리이다. 역시 영화감독인 그의 아들 리타반 가탁이 편집을 하였다. 리트윅 가탁의 생전의 모습을 볼 수 있어서 의미가 있는 작품이다. 나가타 고토의 〈리틀 디제이〉는 꽤 잘 만든 상업영화이다. 백혈병에 걸려 죽어가는 소년이 병원의 구내방송 디제이로 사람들의 사랑을 받는다는 이야기를 그린 작품으로, 추억의 팝송이 영화 전편을 수놓는다. 그런데 제작사가 돈이 부족하여 영화 속 팝송의 사용 허가를 일본 국내에 한해 받았다고 한다. 해외 수출에는 문제가 있을 듯하다.

저녁에는 아카사카에서 지인들을 만났다. NHK 엔터프라이즈의 무라타 치에코가 자리를 마련하였다. 지금은 자리를 옮겼지만, 과거 NHK의 아시아영화 투자책임을 맡고 있던 우에다 마코토, 유니저팬의 사무총장 니시무라 다카시, 인더스트리 스크리닝 책임자인 히로미 아이하라 등 10여 명 정도가 모였다.
이들 모두가 2007년 우리 부산영화제를 찾았었고, 부산영화제
를 주제로 재미있는 이야기를 많이 나누었다. 니시무라 다카시
는 도쿄영화제가 일정을 9월로 옮기려는 계획을 완전히 포기하
였다는 소식을 전해준다. 세계영화제작자연맹이 9월로 일정을
옮기려면 산 세바스찬영화제와 부산영화제의 동의를 구해오라
고 통보하여 도쿄영화제가 포기할 수밖에 없었다고 한다. 그렇
다고 부산영화제와 도쿄영화제 간의 경쟁 관계가 이대로 끝날
것 같지는 않다.

11월 22일 목요일

오늘은 하나와 메이삼 마흐말바프와 쇼흐레 골파리안과
의 점심 약속 때문에 4편밖에 보지 못했다. 2007년 도쿄영화제
경쟁부문 초청작인 중국영화 리지시안의 〈서간도〉는 전형적인
중국의 독립영화 형식을 따르고 있다. 서간도라는 이름의 철로
주변의 조그만 마을을 배경으로, 말썽만 피고 다니는 18세의 시
펑과 베이징에서 내려온 수에얀의 사랑 이야기, 그리고 시펑의
11살짜리 동생의 눈으로 바라보는 가족의 이야기가 사실적 형식
으로 전개된다. 이 작품은 일본과 중국의 합작 방식으로 제작되
었다. 저녁에 국내 소식을 살펴보니 광주영화제 개막작으로 선
정되었다고 한다. 개막작으로는 무난한 선택으로 보인다. 쿠사
노 요카의 〈우리 사랑의 멜로디〉는 음악학도 간의 사랑을 그린

퀴어 시네마이고, 이노키 나오타카의 〈여기를 보세요〉는 〈코끼리의 등〉처럼 암으로 죽어가는 사진작가의 추억 찾기에 관한 영화이다. 이어서 본 마츠우라 마사코의 〈마유〉 역시 암에 걸린 젊은 여인에 관한 이야기인데, 이번에는 목숨을 건진다. 사랑하는 사람과 헤어지고 난 뒤 암을 이기고 꿋꿋하게 자기 삶을 살아가는 이야기이다. 그러고 보니, 올해 하반기 일본 영화는 온통 암 이야기이다. 〈여기를 보세요〉, 〈코끼리의 등〉, 〈마유〉, 〈리틀 디제이〉 등이 그런 류의 작품들이다. '요즘 일본 사람들, 외로움을 좀 타나…' 하는 생각이 든다.

하나와 메이삼과는 점심을 먹으면서 많은 이야기를 나누었다. 엄마인 마르지에 메쉬키니의 신작, 사미라의 신작 진행 소식 등을 전해 들으면서 대단한 가족이라는 사실을 다시 한 번 절감한다.

11월 23일 금요일

오늘은 인더스트리 스크리닝의 마지막 날이다. 아직 봐야 할 영화가 많이 남았는데 마음이 좀 급하다. 먼저 본 작품이 구니토시 만다의 〈키스〉. 여러모로 김기덕 감독의 〈숨〉과 닮은 작품이다. 회사 내에서 왕따를 당하고 있는 젊은 여성이 우연히 TV에서 본 살인자의 모습에 강렬한 인상을 받고 회사까지 옮겨가며 그를 돌보기 시작한다. 살인자도 점차 그녀의 정성에 마음을 열고 둘은 서로 가까워진다. 그리고 결혼까지 약속한다. 두

103

사람은 세상을 향해, 여태까지 세상이 자신들을 소외시켰기 때문에 이제는 자신들이 세상을 소외시키겠다고 말한다. 〈숨〉과 결정적으로 차이가 나는 부분은 〈키스〉가 너무 설명적이라는 점이다. 충격적인 마지막 장면이 있기는 하지만, 〈숨〉이 훨씬 더 강렬한 이미지를 전달하는 이유는 바로 그 점 때문이다. 이시이 다카시의 〈사랑의 잔인한 절망〉은 좀 세다. 그의 작품이 늘 그렇듯이 섹스에 관한 각종 충격적인 장면들로 가득 차 있다. 하지만, 반전에 반전을 거듭하는 이야기 구조는 비교적 탄탄하다.

최근 들어 일본에서는 부산영상위원회의 영향을 받아 전국 곳곳에 영상위원회(필름커미션)의 설립 붐이 일고 있고, 이들 영상위원회가 자체적으로 영화제작 지원도 하고 있다. 삿포로영상위원회도 그런 곳 중의 하나로, 단편영화 제작을 적극 지원하고 있다. '삿포로무비스케치'도 그러한 단편을 모은 콜렉션이다. 모두 6편의 단편을 모은 컬렉션인데, 아직은 수준이 만족스럽지 못하다.

점심때 히로미 아이하라가 기가 막힌 카레우동집에 데려가주겠다고 했는데, 오늘이 휴일이라 문을 닫았단다. 속이 쓰리다. 대신 단골집인 긴자의 '렌가테'로 갔다. 역사가 80여 년 정도 된 돈까스집인데, 굴 튀김 요리가 예술이다. 이번에 같이 온 오석근 감독에게 소개했더니, 너무 맛있어한다. 올해도 극장과 식당, 호텔을 오가느라 별다른 시간을 갖지 못했다. 대신, CD 샵에 가서 새 CD를 몇 장 사는 것으로 일정을 마무리한다.

지난 3월 19일부터 28일까지 홍콩국제영화제 출장을 다녀왔습니다. 이미 언론에 보도된 대로 올해 홍콩국제영화제는 아시아영화상을 출범시켜 그 어느 해보다 화려한 행사를 펼쳐 보였습니다. 저는 최종 결선 심사위원 자격으로 초청을 받아 시상식과 영화제에 참가하였습니다. 홍콩국제영화제가 아시아영화상을 창설한 이유는 아시아영화산업의 중심으로서의 홍콩의 위상을 대내외에 과시하고, 최근 침체에 빠진 홍콩국제영화제의 분위기 반전을 위한 카드로 보입니다. 그리고 그러한 의도는 외형적으로 성공한 것 같습니다. 비, 이병헌, 김혜수, 임수정, 송강호 등 쟁쟁한 한국배우와 유덕화, 양자경, 양조위, 매기큐, 미키 나카타니, 지아장커, 봉준호, 박찬욱, 자파르 파나히, 두기봉 등 아시아의 거물급 배우와 감독들이 자리를 빛냈습니다. 하지만, 시상 결과를 보면 약간의 아쉬움이 남습니다. 각본상과 음악상을 제외한 나머지 부문은 모두 동북아 국가들 차지였습니다. '동북아 이외의 지역은 들러리 같은 느낌이다'라는 것이 비 동북아권 영화인이나 기자들의 촌평이었습니다. 내년에는 아시아영화상이 아시아 전 지역을 아우르는 데 신경을 더 써야 할 것 같습니다.

하지만, 더 큰 문제는 뒤에 있었습니다. 홍콩국제영화제 조직위 측이 아시아영화상에 올인하는 바람에 영화제 행사 자체

105

가 어려움에 빠진 것입니다. 영화제 개막이 3월 19일이었지만 임
시사무실은 24일에야 문을 열었고, 때문에 비디오룸, 게스트패
키지 등 모든 게스트 관리가 제때 이루어지지 못했습니다. 심지
어 게스트 아이디카드 역시 마켓에 가서 받아야 하는 상황이 생
겨 버렸습니다. 해서, 저는 3월 26일 프로그래머 제이콥 웡과 점
심을 같이하면서 저간의 사정을 물어보았습니다. 제이콥과 저는
서로 상대방의 영화제에 대해 속 깊은 이야기를 주고받는 사이
입니다. 문제는 정부가 홍콩국제영화제를 엔터테인먼트 엑스포
산하에 두려는 계획에서부터 비롯되었습니다. 제이콥에 따르면,
홍콩 정부는 홍콩필름마트와 영화제를 여타 엔터테인먼트 관련
이벤트와 함께 개최하기를 원했고, 그 결과 개막날짜를 3월 19일
로 맞추고 아시아영화상 창설을 영화제 측에 지시한 것입니다.
정부에서 영화제 측에 지원하는 연간 예산이 700만 홍콩달러인
데, 아시아영화상 행사에만 500만 달러라는 별도의 예산을 내려
보낸 것이지요. 여기서 문제가 발생했습니다. 원래 영화제는 부
활절 휴가 기간에 맞춰 개막합니다. 올해의 경우 4월 8일이 부활
절입니다. 따라서, 정상적인 일정이라면 4월 초에 영화제를 개막
해야 하는 것입니다. 그런데 엔터테인먼트 엑스포에 날짜를 맞
추다 보니 극장확보에 문제가 생겼습니다. 홍콩국제영화제의 메
인 극장은 홍콩문화중심과 시청 대강당입니다. 하지만, 이들 공
간은 3월 중순부터 말까지 이미 다른 행사로 예약이 되어 있는
상태입니다. 때문에 홍콩국제영화는 19일 개막을 하고도 메인

극장을 쓰지 못해 일반 극장 세 곳만을 3월 27일까지 써야 하는 상황이 생겨 버린 것이지요. 또한, 영화제 일정이 무려 23일이라는 세계 최장 영화제가 되어 버렸습니다. 홍콩국제영화제의 이런 고민은 내년에도 계속될 것 같습니다.

홍콩국제영화제는 31년의 역사만큼이나 많은 아시아영화 관계자들이 참석하는 영화제입니다. 그들과의 만남도 매우 중요합니다. 지난 1년 사이에 아시아의 영화제들에 많은 변화가 있었는데, 이들과의 만남은 이를 확인하는 자리이기도 했습니다. 방콕국제영화제는 지난 연초에 태국인 스태프만 남기고 모두 물갈이가 되었는데, 이번에 만난 프로그래머 찰리다 우아붐렁짓은 2주 전에 해고되었다는 사실을 알려주더군요. 도쿄영화제의 아시아영화 담당 테루오카 소조 역시 지난 연말 사임했다고 합니다. 대만의 타이페이국제영화제 역시 올 초에 집행위원장을 비롯한 모든 스태프가 교체되었고, 신임 집행위원장인 제인 유는 이제 얼마 남지 않은 일정 때문에 동분서주하는 모습이었습니다. 제인 유는 저에게 심사위원 직을 요청하였고, 저는 이를 수락하였습니다. 찰리다 우아붐렁짓이나 제인 유 모두 우리 영화제의 아시아다큐멘터리네트워크AND의 선정위원이어서 많은 이야기를 나누었습니다. 그리고 아시아 지역의 대다수 영화제가 운영에 있어 안정적이지 못하다는 사실을 다시 한 번 재확인하는 자리가 되었습니다. 그런가 하면, 올 7월경에 새로 출범하는 베트남의 국제영화제(명칭 미정) 준비팀과도 심도 있는 이야기를 나누었습니다. 베트남의 국제영화제 준비팀은 이미 지난해에 저희 영화제에 인턴을 파견하여 영화제 운영을 배워간 바 있습니다. 저희 영화제는 베트남 최초의 국제영화제 창설과 성공적 운영을 열심히 도울 예정입니다.

어쨌거나 이제 부산국제영화제의 초청작 선정작업은 본격화되기 시작했습니다. 이미 몇 편은 초청을 확정짓기도 했고, 무엇보다도 하반기에 나올 신작들에 관한 정보를 열심히 수집 중입니다. 기대해 주십시오.

P.S.

이번 호에서는 감독이나 작품은 그다지 알려지지 않았지만, 음악은 꼭 기억해 두어야 할 중국영화 두 편을 추천합니다. 먼저, 얀지초우嚴寄洲 감독의 1979년작 〈이천영월 二泉映月 〉입니다. 이 작품은 20세기 초 전설적인 중국의 얼후 작곡가이자 연주자인 아빙 阿炳 의 일대기를 다루고 있는 작품입니다. 아빙은 안질 때문에 실명한 뒤 거리를 떠돌면서 얼후를 연주하고 다녔던 거리의 악사로, 그의 대표작 중 하나가 바로 '이천영월'입니다. 얼후 연주자라면 반드시 한번은 거쳐야 할 불후의 명곡인 '이천영월'은 아빙이 실명하기 전 자주 찾았던 강소성 혜천산의 아름다운 샘의 기억을 떠올리며 만든 곡입니다. 검은 안경에 얼후를 비롯한 온갖 악기를 들고 다니면서 아름다운 음악을 연주했지만, 정작 자신의 삶은 처참하였던 아빙의 일생은 그의 음악과 더불어 중국인들이 가장 사랑하는 예인으로 손꼽히게 하였습니다. 현재

전 세계에서 가장 활발하게 활동하고 있는 얼후 연주자로 손꼽히는 지아펑팡 賈鵬芳 의 연주로 〈이천영월〉을 들어보시죠.

또 한편은 1955년 작 음악영화 〈황하대합창〉(루반 연출)의 삽입곡 '황하송黃河頌'입니다. '황하송'은 '황하대합창'의 2악장으로, '황하대합창'은 중국의 시인이자 문학평론가인 장광니엔張光年 의 시에 셴싱하이洗星海가 1939년에 곡을 붙였습니다. 이 곡은 중일전쟁을 배경으로, 황하의 장엄한 생명력을 중화정신의 상징으로 묘사한 걸작입니다. 이 곡을 바탕으로 1955년에 루반呂班 이 동명의 음악영화를 만들었습니다. 하지만, 영화적으로 중요한 작품은 아닙니다. 항일투쟁에 나서는 중국의 기상을 보여주는 무대악극을 그대로 카메라에 옮긴 작품이기 때문입니다. 이번에 소개하는 연주는 최근 전 세계적으로 각광받고 있는 중국의 젊은 피아니스트 랑랑郎郎 의 최근 앨범 〈드라곤 송〉에 실린 연주곡입니다. 롱유가 지휘하는 차이나 필하모닉 오케스트라와 협연한 이 연주는 '황하송' 원곡의 장중함과 랑랑의 테크닉이 잘 어우러져 커다란 감동을 선사합니다.

109

〈밀양〉 수상 기대 높아지는데 한국영화 부스는 발길 뜸해

현지 시각으로 지난 21일 오후 9시, 한국 영화의 밤 리셉션 파티가 영화진흥위원회 주최로 칸 해변가에서 개최됐다. 당초 380명 정도의 게스트를 예상했으나 500명가량이 몰리는 대성황을 이루었다. 허우샤오시엔, 차이밍량, 논지 니미부트르 등 이번 제60회 칸국제영화제에 참석 중인 아시아의 거물급 감독들도 참가해 파티를 빛내주었다. 올해 경쟁부문에 2편이나 초청작을 올린 한국 영화의 위상을 다시 한 번 확인하는 자리였다. 아시아권에서 이 정도의 주목을 받는 파티는 홍콩파티 정도뿐이다. 부산국제영화제의 아시안필름마켓이 사흘간 개최한 칵테일파티도 많은 관계자가 찾는 성과를 거두었다.

하지만, 마켓 쪽으로 눈을 돌리면 상황이 좀 다르다. 예년에 비해 한국 작품을 사기 위해 한국 회사들의 부스를 찾는 바이어들의 숫자가 눈에 띄게 줄어든 것이다. 일본뿐만이 아니라 여타 아시아 국가들 바이어들의 발길도 뜸해졌다. 특히, 프리세일즈(완성 이전의 기획 또는 촬영 단계의 작품) 작품이 대폭 줄었다. 이는 그동안 소위 한류스타의 인기에 의존하여 작품을 팔던 구태의연한 세일즈 방식이 한계에 봉착했다는 의미이다. 국내외적으로 한국 영화산업에 대한 우려 섞인 전망이 현실로 나타나고 있는 것이다.

흔히 칸국제영화제 하면, 레드카펫을 연상하기 쉽다. 레드카펫은 권위의 상징이다. 하지만 칸의 권위는 레드카펫 때문만이 아니다. 세계 최대 규모의 마켓 또한 칸의 권위를 지탱시켜 주는 중요한 요소이다. 올해 칸 마켓은 참가자가 1만 명을 상회하며, 소개되는 작품 수만 4,000편을 넘는다. 이 중 마켓에서의 상영 횟수는 모두 1,500회. 이는 지난해보다도 약 10%가 늘어난 수치이며, 전체 상영 편수의 약 60%가 마켓에서 처음 소개되는 마켓 데뷔작이다.

영화제에서 상영되는 공식·비공식 초청작이 170여 편에 불과하지만, 마켓 때문에 전 세계에서 가장 많은 작품을 한 자리에서 볼 수 있는 기회가 제공되는 것이다. 그리고 이러한 영화제와 마켓의 시너지 효과 때문에 칸국제영화제는 지존의 자리를 지키고 있다.

칸에 출품된 한국영화 〈밀양〉과 〈숨〉

올해 칸국제영화제에는 마켓 외에 3만여 명이 아이디카
드를 발급받았고, 저널리스트만 4,000여 명이 참가하고 있다. 이
처럼 세계 최대 규모의 참가자와 작품을 소화하는 칸국제영화제
는 세계의 모든 영화정보가 한자리에 모이고, 발산하는 중심의
역할을 해내고 있다. 하지만, 한정된 초청작과 극장 수 때문에 칸
에서 일반 관객은 주변부에 머물 수밖에 없다. 칸국제영화제가
4,000여 명의 일반 관객에게 씨네필 카드를 발급해 영화를 보게
하고 있지만, 별도의 극장 3개관을 확보하여 거기서만 영화를 보
게 할 정도로 일반 관객의 칸국제영화제 접근은 어렵다.

칸은 전 세계 영화의 흐름을 한눈에 확인하는 최적의 장
소이기도 하다. 경쟁부문에 초청되는 작품들은 대부분 당대 최
고의 명성을 지닌 작가들의 신작들이다. 김기덕 감독이나 이창
동 감독은 비록 칸 경쟁부문에 올해 처음 진출했지만, 이미 세계
적으로 널리 알려진 감독이기도 하다. 때문에 칸은 때로 거장들
의 명성을 재확인하는 장소라는 비판을 받기도 한다. 또한 여성
에게 인색한 영화제라는 비판도 받는데, 올해의 경우 경쟁부문
초청 감독 중 여성감독은 세 명에 불과하다. 역대 황금종려상 수
상 감독 중 여성감독이 단 한 명(1993년 <피아노>의 제인 캠피온) 뿐이
라는 사실은 그러한 비판의 중요 근거이기도 하다.

또 한편으로, 올해 칸은 전 세계적으로 합작이 늘어나고
있고, 대륙을 뛰어넘는 지역 간 교류가 늘어나고 있는 흐름을 극
명하게 보여주고 있다. 개막작인 왕가위의 〈마이 블루베리 나

이츠〉은 홍콩 프랑스 영국 미국의 합작이며, 허우샤오시엔은 줄리엣 비노쉬를 기용해 프랑스어 영화 〈빨간 풍선의 비행〉을 만들었다. 합작은 이제 대부분의 주요 영화제의 화두이기도 하다.

이제 종반을 향해 달려가고 있는 칸국제영화제에서 24일 이창동 감독의 〈밀양〉의 공식 상영이 있게 된다. 이미 파리에서 열린 기자 시사에서 호평 일색의 반응을 받은 바 있어 좋은 성적을 기대해볼 만하다. 정작 이창동 감독은 무덤덤한 표정이지만, 주변의 기대는 점차 높아지고 있다.

113

지난 5월 15일부터 제60회 칸국제영화제를 다녀왔습니다. 전도연 씨 여우주연상 수상 소식이나 한국 영화가 마켓에서 판매가 부진하였다는 소식은 이미 언론보도를 통해 잘 알고 계시리라 생각됩니다.

저는 9일간 하루 평균 6~7편의 영화를 보았고요, 100여 편 이상의 스크리너를 받아왔습니다. 그중에서 브리얀테 멘도사의 〈위탁 아동 Foster Child 〉(필리핀)이 가장 인상적이었습니다. 마치 몇 년 전에 에릭 쿠의 〈나와 함께 있어 줘〉를 보았을 때 느꼈던 신선함과 감흥을 느낄 수 있었습니다. 다큐멘터리 형식의 이 작품은 위탁가정의 하루를 따라가는 이야기를 담고 있습니다. 특히, 인상적인 것은 다큐멘터리와 유사한 형식을 극영화 속에 담아내는 감독의 진술함과 열정, 그리고 연출방식입니다. 다큐멘터리적 기법의 도입이야 과거에도 많이 있어 왔지만, 이 작품은 이전 작품들과도 많이 다릅니다. 위탁모의 하루를 따라가면서 필리핀의 빈부격차 문제, 입양문제 등을 너무나 자연스럽게 풀어나갑니다. 아시아영화 중 올해의 작품으로 손꼽을만한 작품입니다.

칸은 작품과 감독, 배우들만의 잔치가 아닙니다. 세계의 수많은 영화제의 홍보의 장이기도 합니다. 저희 부산영화제와 관련해서 관심을 끄는 몇몇 이벤트들이 있었습니다. 먼저, 일본 도쿄영화제는 그동안 운영해 오던 두 개의 마켓, 즉 업계 종사자들을 대상으로 하는 'TIFFCOM(도쿄 국제 영화와 콘텐츠 마켓)'과 일반인을 대상으로 하는 'JCF(일본 콘텐츠 페어)', 두 마켓을 통합해 '도쿄 콘텐츠 페스티벌'을 출범시키기로 했습니다. 그리고 이를 알리는 리셉션 파티를 개최하였습니다. 여기까지는 별문제가 없습니다. 세계영화제작자연맹에 따르면, 도쿄영화제가 내년부터 개최 시기를 9월로 옮기겠다고 했답니다. 그리고 저희의 의견을 물어 왔습니다. 도쿄영화제는 그동안 매년 10월 말이나 11월 초에 개최해 왔었습니다. 그런데 갑자기 9월 말로 개최 일정을 조정하겠다는 것입니다. 도쿄영화제가 9월로 일정을 바꾸려는 이유에 대해서는 제가 군이 설명해 드리지 않아도 충분히 짐작하시리라 믿습니다. 저희는 도쿄가 만약 9월로 옮기면 도쿄와 같은 A급 영화제인 산세바스찬영화제(스페인)와 일정이 겹칠 텐데 괜찮겠느냐는 정도로 응대했습니다. 사실, 세계제작자연맹에서 어떤 결정을 내리더라도 강제력이 있는 것은 아니기 때문에 도쿄영화제는 일정 변경을 강행할 가능성이 큽니다. 저희로서는 대비책을 세워야 할 것 같습니다. 홍콩 쪽은 정부 차원에서 강력한 드라이브를 걸고 있습니다. 올해 아시아영화상을 창설한 데 이어 칸에서도 대대적인 파티를 개최하여 홍보를 강화하고 있습니다. 바야흐로 아시아의 3대 영화제가 무한경쟁에 돌입하는 셈입니다.

저희는 이미 보도된 대로 올해 아시아영화펀드를 창설합니다. 지난해에 시작된 아시아 다큐멘터리 네트워크 펀드를 포

함하여, 개발단계, 후반작업 단계의 지원을 위한 펀드를 새로 조
성하여 아시아영화펀드를 출범시키기로 한 것입니다. 또한, 지
난 6월 4일 조직위원회 임시총회를 통해 영화제작 창업투자사
와 배급사를 설립하기로 하였습니다. 배급사 설립은 내년이나
내후년에 설립될 PIFF 채널(미국 선댄스영화제의 선댄스 채널을 모델로
생각하시면 되겠습니다)을 위한 준비단계로 보시면 되겠습니다. 사
실, 저희 부산국제영화제가 '아시아영화의 동반성장'을 지향하면
서 각종 다양한 사업들을 펼쳐왔지만, 정작 한국 시장에서는 아
시아영화가 활발하게 소비되지 못하는 모순에 빠져 있었습니다.
그래서 배급사와 TV 채널을 통해 아시아영화가 국내시장에서
소통되도록 할 예정입니다. 향후 플랫폼은 TV 채널 외에도 다양
하게 확대될 것입니다. 물론, PIFF 채널을 통해서 한국의 저예산
독립영화도 수용할 계획을 가지고 있습니다. 창투사는 부산 영
화, 한국 영화를 포함한 아시아영화 제작에 주로 투자하게 될 것
입니다. 문제는 수익성인데요, 이 두 가지 사업이 저희로서는 일
종의 도전인 셈입니다. 하지만, 부산영화제가 세계무대에서 보
다 강력한 힘을 가지고, 산업적 차원에서 실질적인 기여를 하기
위해 도전하는 것입니다. 물론, 이러한 명분 역시 수익성이 담보
되지 않으면 모래성에 불과하다는 사실을 잘 알고 있습니다. 때
문에, 명분에 걸맞게 수익성을 지키는 데에 최선의 노력을 다하
겠습니다.

그리고 또 하나, 부산시로부터 시네마테크 부산 내에 아

카이브 구축사업을 위한 추경예산 지원을 받게 되었습니다(올해는 2억 원). 이 사업 역시 매우 중요한 의미를 담고 있습니다. 저희 부산국제영화제는 이미 사업이 진행 중인 영상센터의 건립과 함께 아시아 필름 아카이브의 설립을 장기계획으로 추진하고 있습니다. 그 전초단계로 우선 시네마테크 내에 아카이브 기능을 추가하기로 한 것입니다. 부산시로부터 지원받은 2억 원의 예산으로 부산영화제에 초청되는 아시아영화 중 일부의 아카이브 판권을 사는 것입니다. 올해는 20편의 판권 구입이 목표입니다. 이렇게 구입한 작품의 프린트를 시네마테크 부산 내에 보관하면서 연중 상영회도 열 예정입니다. 이 아카이브 사업이 본궤도에 오르면 부산, 그리고 부산영화제가 아시아영화의 중심지로서 또 한 번 도약의 큰 발걸음을 내딛게 되는 것입니다. 이 모든 사업이 궁극적으로는 부산영화제의 정체성과 지향점에 맞닿아 있음을 이해해 주시리라 믿습니다. 저희는 꾸준히 새로운 도전의 역사를 만들어나가겠습니다.

P.S. 강추! 영화음악

지난 2006년 제11회 부산국제영화제에서 소개된 사토시 콘의 애니메이션 〈파프리카〉를 기억하시는지요? 당시 주제음악이 특이하다고 말씀하신 분들이 많았습니다. 그 음악이 바로 쓰스무 히라사와의 〈백호야 白虎野〉입니다. 제목이 좀 특이하죠? 히라사와는 애니메이션 음악으로 많이 알려진 일렉트로 팝 뮤지션입니다. 1972년

Mandrake, 1979년 P-Model 등 록 밴드와 테크노 밴드를 결성하여 그
룹활동을 하였던 그는 2004년부터 Kaku P-Model 이라는 이름으로 솔로 활동을 병행하고 있습니다. 사토시 콘과는 이미 〈천년 여우〉에서 호흡을 맞춘 바가 있죠. 아미가 컴퓨터 시스템, 인터렉티브 라이브 퍼포먼스 등 여타 일본 밴드와는 다른 독특한 영역을 펼치고 있는 그의 〈백호야〉는 2006년 2월에 발표된 동명의 앨범에 담겨 있는 곡입니다. 애니메이션 〈파프리카〉를 보신 분들은 크레디트 장면에 나오는 이 독특한 곡을 금방 기억해 내실 것입니다.

국내에 상당한 팬을 확보하고 있는 이와이 슌지의 2001년 작 〈릴리 슈슈의 모든 것〉 기억하시죠? 〈릴리 슈슈의 모든 것〉의 음악은 그룹 '미스터 칠드런'의 프로듀서로 유명한 고바야시 다케시가 맡았었죠. 작곡, 작사, 키보드 뮤지션, 프로듀서 등 만능 뮤지션인 그는 영화 〈릴리 슈슈의 모든 것〉에서 가상의 음악 그룹 릴리 슈슈를 만들었고 릴리 슈슈의 모든 음악을 직접 작사, 작곡했습니다. 그중에 〈포화 飽和 〉라고 하는 곡이 있습니다. 개봉 당시 영화 속 가상의 그룹인 릴리 슈슈가 노래를 불렀는데, 실제 가수가 누구인지는 밝히지 않았습니다. 나중에 사류가 불렀음을 밝혔죠. 〈포화〉는 고바야시 다케시의 음악적 재능을 다시 한 번 확인하게 해주는 걸작입니다.

이제 제12회 부산국제영화제도 석 달이 채 남지 않았습
니다. 저는 지난 7월 초에 타이페이국제영화제에 심사위원으로
출장을 다녀왔고, 7월 19일과 29일에 각각 방콕과 도쿄 출장을
남겨 놓고 있습니다. 올해는 무엇보다도 뉴 커런츠 부문의 전
작품을 월드/인터내셔널 프리미어로 채울 수 있을 것으로 보입
니다. 게다가 정말 눈에 확 띄는 수작들이 많아 기대가 큽니다.

7월에는 안타까운 소식이 있었습니다. 잘 아시는 것처럼
에드워드 양 감독이 타계하였습니다. 저는 지난 7월 1일 타이페
이에 도착하자마자 대만의 영화계 친구들로부터 소식을 들었습
니다. 그리고는 곧바로 개인 이메일을 체크해 보았습니다. 왕가
위 감독의 회사인 젯톤에서 일하고 있는 노먼 왕으로부터 이메일
이 와 있었습니다. 노먼은 미국에 살고 있는 에드워드 양 가족과
가장 가까운 친구 중 한 사람이었고, 에드워드 양의 타계 소식을
외부에 가장 먼저 알린 사람도 그였습니다. 그리고 노먼의 이메
일 바로 위에 2005년 3월에 에드워드 양으로부터 받은 이메일을
다시 한 번 열어봤습니다. 2005년 당시 저희 영화제는 에드워드
양을 심사위원으로 초청한 바 있습니다. 거기에 대한 답으로 일
정 때문에 심사위원직 수락을 할 수 없어 미안하다는 내용의 이
메일이었습니다. 당시 이미 에드워드 양은 병환 중이었던 것이
죠. 하지만, 2004년에 그는 PPP에 다녀간 바 있었고, 그래서 저

119

는 전혀 그의 병을 눈치채지 못했었습니다. 심사위원 초청과 그 의 마스터클래스를 언젠가는 꼭 하겠다는 바람이 사라진 지금 형 언할 수 없는 안타까움에 사로잡혔습니다.

저는 뭔가 그를 추모하는 행사를 해야 한다고 생각하였습 니다. 그래서 대만의 영화계 친구들을 총동원하여 현재 상황을 파악하기 시작하였습니다. 먼저, 우리나라의 문광부에 해당하는 신문국의 영화부를 찾았습니다. 대만 정부 역시 추모행사를 위 해 임시 대책위원회를 만들었고, 오는 11월에 열리는 금마장 영 화제에서 추모전을 열 계획이라는 사실을 알게 되었습니다. 그 리고 대만감독협회 역시 행사를 준비 중에 있습니다. 에드워드 양과 가장 가까운 친구가 바로 장이 감독입니다. 1982년에 데뷔 작 〈광음적고사〉를 함께 만들었던 바로 그 감독입니다. 지금은 영화계를 은퇴하여 최고급 유리공예 사업을 하고 있는 사업가로 변신하였습니다. 대만감독협회는 평소에 에드워드 양과 연락을 자주 주고받았던 장이에게 추모행사를 의뢰한 상태입니다. 장이 는 에드워드 양이 만들려고 했던 애니메이션의 드로잉 샘플(에드 워드 양이 직접 그린)을 가지고 있기도 합니다.

저는 다음으로 에드워드 양의 전작의 프린트 상황을 체 크하였습니다. 하지만, 상황이 상당히 어려워 보입니다. 프린트 자체는 5편을 타이페이 필름 아카이브가 가지고 있지만, 대부분 의 작품 판권이 여러 회사로 분산되어 있기 때문입니다. 〈청매 죽마〉는 허우샤오시엔 감독의 3H가 가지고 있어 별문제가 없지만, 〈고령가 소년살인사건〉은 프랑스와 대만 회사가, 〈하나 그리고 둘〉은 일본의 포니 캐년이 가지고 있습니다. 몇 년 전에 우리나라에서 대만영화 특별전을 하였을 때 〈마작〉을 제외한 모든 그의 작품을 프린트로 상영한 바 있는데 당시는 아카이브 차원의 상영이어서 별문제가 없었지만, 이제는 만약 상영을 하려면 판권 소유주에게 허락을 얻어야 하는 상황입니다. 〈하나 그리고 둘〉의 경우, 우리나라에 수입, 상영되었지만 이미 판권 보유기간이 끝났고, 더군다나 수입사마저 문을 닫은 상황입니다. 하지만, 타이페이 필름 아카이브나 신문국, 노먼 왕 등이 적극적으로 돕겠다고 약속을 하였기 때문에 좋은 결과가 있으리라 믿습니다. 그리고 마지막으로 가족들과 조심스럽게 접촉 중입니다. 이 모든 상황이 정리되는 대로 다시 알려드리겠습니다.

이 밖에 타이페이에서는 많은 감독을 만났습니다. 허우 샤오시엔 감독과는 차기작인 무협영화 〈섭은랑〉의 향후 진행 일정과 우리 영화제와 관련된 이벤트를 상의하였습니다. 차이밍량 감독은 좋은 일과 그렇지 못한 일을 동시에 맞고 있었습니다. 타이페이국제영화제의 '타이완 상' 부문의 작품상을 받았고 (상금 100만 대만 위안), 리강생의 신작 〈도와줘〉도 베니스로부터 초청을 받았습니다. 그런데 말레이시아 쿠칭에 살고 계시는 그의 어머니의 건강이 심각해져서 타이페이로 모셔와서 큰 병원에 입원시켰다고 하더군요. 그리고 음식이 입에 맞지 않아 고생하시는 어머니를 위해 매일 병원에서 직접 식사를 준비한다는 효

121

자이기도 합니다. 그리고 지난해 부산국제영화제에서 '앞으로는 부산에 오지 않겠다'고 한 발언 이후 벌어진 해프닝에 대해 서로 웃으며 이야기를 나누었습니다. 차이밍량은 한국에서 자기 영화를 꼭 사달라는 취지의 발언을 둘러서 그렇게 한 것인데, 이를 이상하게 해석하는 일부 사람들의 반응에 오히려 당황했었다면서, 올해 자신의 작품이 없는데도 부산에 가야겠다는 이야기를 하였습니다.

타이페이국제영화제 상영작 외에 이제 막 제작을 끝낸 신작은 청원탕, 로빈 리, 싱잉 첸, 알렉시 탄 등의 작품이 있었고, 이들 작품의 스크리너를 모두 받아왔습니다. 이 중 몇몇 작품은 올해 부산국제영화제에서 월드 프리미어로 상영될 것입니다. 영화제가 점점 다가오면서 앞으로는 더 자주 뉴스레터를 통해 여러분을 찾아뵙겠습니다. 감사합니다.

자카르타
국제영화제
07.12.7.-07.12.16.

자카르타국제영화제 출장(2007년 12월 7일~15일)

2007 자카르타국제영화제 포스터

12월 8일 토요일

지난밤에 도착한 뒤 제작자 미라 레스마나와 통화를 하고 오늘 만나기로 약속을 해두었다. 오전에 호텔 로비에서 올해 우리 영화제 뉴 커런츠상 수상자인 리우 셍 탓을 만났다. 리우 셍 탓은 〈주머니 속의 꽃〉이 부산국제영화제에서 월드 프리미어로 소개된 뒤 로테르담영화제 경쟁부문, 베를린영화제 등에 초청받았다며 즐거워한다.

미라 레스마나는 인도네시아에서 가장 영향력 있는 제작자로 우리 영화제와 인연을 맺은 지 10년이 넘었다. 하긴 그녀가 제작하고 리리 리자가 연출한 모든 작품이 부산영화제에서 소개되었고, 〈기에〉는 PPP 프로젝트였으니 인연도 보통 인연이 아닌 셈이다. 마침, 자카르타국제영화제에서 참가하고 있는 홍콩의 로나 티(버라이어티 기자 겸 제작자)도 함께 만나 근사한 자바식 레스토랑에서 간단한 식사를 하며 이야기를 나누었다. 리리 리

123

자가 2월에 신작 촬영을 들어간다고 한다. 그리고는, 영화제 상
영관인 자카르타극장에 가서 인도네시아 다큐멘터리 〈말라버린 바다〉를 보았다. 매립으로 인해 생계의 터전을 잃어버린 어부들의 삶을 그린 다큐멘터리로 고만고만하다.

저녁에는 해외 게스트들을 위한 환영 만찬에 참석하였다. 그런데 집행위원장인 랄루만 있고 조직위원장 샨티 하마인은 없다. 샨티 역시 오랜 친구 사이이다. 랄루에게 물어보니 남편이 중국 북경에서 파견근무를 하다가 마닐라로 전근 발령을 받았는데, 그 때문에 북경으로 가서 이틀 뒤에 돌아온다고 한다. 반가운 얼굴은 또 있었다. 난 아크나스가 바로 그녀. 지난 12회 때 두 번째 장편 〈사진〉으로 우리 영화제에 참가한 그녀는 데뷔작도 뉴커런츠에 초청된 바 있다. 게다가 그녀의 작품 외에도 그녀 남편의 신작 프로젝트가 PPP에 초청되어 부부가 함께 영화제에 참가한 바 있다. 그녀 역시 미라 레스마나나 샨티 하마인처럼 우리 영화제의 열렬한 팬이기도 하다.

밤늦게 호텔로 돌아와 가린 누그로호에게 전화를 걸었다. 계속 연결이 안 되었었는데, 드디어 통화가 되었다. 그런데 지금 발리에서 촬영 중이란다. 상세한 작품 정보는 이메일로 받기로 하였지만, 이번에 만나지는 못할 것 같다.

12월 9일 일요일

이번 영화제에서는 말레이시아의 전설적인 스타 P. 람리

회고전을 한다. 이전에 보지 못했던 작품도 있어 몇 편을 골라 보기로 했다. 그래서 고른 작품이 〈부장 라폭〉. 그런데 카달로그에는 분명히 영어자막이 있다고 되어 있는데, 정작 상영 시에는 없다. 이런 난감할 데가... 인도네시아어와 말레이시아어는 서로 의사소통이 가능한 정도여서 인도네시아 관객들은 재미있게 본다. 상영관은 쇼핑센터인 그랜드 인도네시아에 있는 블리츠시네마. 그런데 그랜드 인도네시아도 그렇지만, 블리츠 시네마의 시설이 장난이 아니다. 사실, 인도네시아의 극장체인은 거의 독점이다. 21그룹이 시장의 95%를 장악하고 있는데, 자카르타 극장도 21그룹 소유이다. 21그룹은 독재자였던 수하르토 전 대통령의 딸이 소유하고 있다. 최근에 새로 등장한 극장체인이 바로 블리츠이다. 아직은 3개관 정도에 불과하지만, 워낙 시설과 서비스가 좋아 성장세가 가파를 것 같다.

오후에는 안디바치아르 유숩의 〈지휘자들〉을 보았다. 축구경기장의 응원단장, 합창단 지휘자, 오케스트라 지휘자 등 세 명의 지휘자들을 담은 작품으로 일단 컨셉이 흥미롭다. 그리고 응원과 합창, 연주 장면을 적절히 편집하여 한 편의 드라마와 같은 다큐멘터리를 만들어 냈다. 유숩은 2006년에 〈더 작 The Jak〉이라는 축구 응원단을 담은 다큐멘터리를 만들어 독일월드컵 당시에 독일에 초청받아 상영하기도 하였다. 그의 다음 작품도 축구영화라고 한다. 〈지휘자들〉은 상당히 흥미로운 다큐멘터리이다.

그리고 이어 2006 자카르타국제영화제 시나리오 개발 경
쟁부문상을 수상한 두 편의 다큐멘터리 〈바다 위의 보름달〉과
〈소년 소녀를 만나다〉를 보았다. 자카르타국제영화제는 매년
시나리오 공모를 통해 선정된 작품들을 영화제 기간 시나리오 개
발 워크숍을 통해 다듬고 그 중에서 당선작을 선정한다. 그리고
그 작품들에 대해서는 제작비를 지원하고 이듬해에 영화제에서
상영한다. 단편, 다큐멘터리, 장편 극영화 등 세 부문에 거쳐 시
행되는데, 2006년 선정작 중 장편은 완성이 되지 못해 단편과 다
큐멘터리만 상영이 되었다. 수준은 평범한 정도이다.

12월 10일 월요일

오늘부터는 인도네시아 장편을 본격적으로 보기 시작한
다. 자카르타국제영화제는 자국영화 경쟁부문을 가지고 있는데,
올해는 무려 40편이 초청되었다. 그중에 14편이 공포영화이다.
집행위원장 랄루에 따르면 올해 인도네시아영화의 자국시장 점
유율이 50%를 확실히 넘길 것이라고 한다. 귀가 번쩍 뜨이는 소
식이 아닐 수 없다. 거기에는 여러 가지 이유가 있겠지만, 역시
공포영화의 인기가 큰 몫을 하고 있다고 한다. 재미있는 것은 공
포영화의 인기가 지역에 따라 편차가 심하다는 것인데, 자카르
타에서는 별로 인기가 없는 반면 지방으로 갈수록 인기가 상당
하다고 한다.

해서 맨 먼저 본 영화가 〈뽀총 2〉. 그런데 자막이 없다.

게다가 영화제 측에서 인도네시아영화 경쟁부문은 무료로 상영하기 때문에 학생들 단체관람이 많다. 그런데 관객들 반응이 매우 흥미롭다. 직접적이고 즉각적이기 때문이다. 〈뽀총 2〉는 루디 소자르워의 작품이다. 루디 역시 우리 영화제와는 인연이 깊다. 데뷔작과 함께 우리 영화제를 찾은 바 있는 감독이다. 인도네시아의 공포영화는 일정한 틀이 있다. 주로 신인배우를 기용하고, 귀신의 형상에도 일정한 양식이 있다. 또, 드물기는 하지만 사회적 이슈의 은유로 사용되기도 한다. 〈뽀총〉의 경우 상영금지된 작품인데, 이유는 1998년 인종폭동 당시 희생되었던 화교의 원혼이 등장한다는 것 때문이었다. 〈뽀총 2〉는 사회적 이슈에서 완전히 벗어난, 말 그대로 공포에만 집중하고 있는 영화이다. 다음으로 본 〈쿤티라낙〉은 상당한 기대를 가지고 본 영화이다. 인도네시아에서 공포영화의 붐을 일으킨 장본인이 바로이 작품의 감독 리잘 만토바니이다. 그가 2001년에 만든 〈젤랑쿵〉이 공전의 히트를 기록하면서 공포영화가 활성화되기 시작한 것이다. 〈젤랑쿵〉은 〈블레어위치〉의 인도네시아판 같은 영화이다. 하지만, 그 이전으로 올라가면 1999년 작 〈쿨데삭〉의 공동연출자이기도 하다. 〈쿨데삭〉은 리리 리자, 미라 레스마나, 난 아크나스, 그리고 리잘 만토바니가 함께 연출한 작품으로 인도네시아의 뉴웨이브를 탄생시킨 작품이었다. 그리고 오늘날, 이들 모두가 인도네시아영화를 이끌어가는 핵심 인물이 되

127 었다. 리잘의 경우 〈젤랑쿵〉의 대성공에도 불구하고 오랫동안

차기작을 만들지 못하다가 지난해에 갑자기 두 편의 영화를 만
들었고, 그중 한 편이 바로 〈쿤티라낙〉이다. 〈쿤티라낙〉은 일
단 무대 디자인이 인상적인 영화이다. 공포스러운 분위기와 고
풍스러운 분위기가 어울려 관객들로 하여금 색다른 느낌에 빠져
들게 한다.

마지막으로 본 다큐멘터리 〈코끼리와 춤추기〉는 쓰나
미 이후 재건에 나선 마을 사람들 이야기를 담은 작품으로 평이
하다.

12월 11일 화요일

오늘은 세 편의 영화를 보았다. 〈메라 이투 친타〉,
〈바다이 빠스띠 베르랄루〉, 그리고 P. 람리의 〈꽉 벨라랑 이야
기〉. 〈메라 이투 친타〉는 세련된 멜로드라마로, 마지막에 반
전으로 동성애 코드가 등장한다. 나머지는 영어자막이 없는 관
계로 이해불가. 저녁에는 미라 레스마나가 여러 게스트와 함께
저녁 식사에 초대를 했다. 솔로지방의 음식 전문점인 '와로엥 솔
로'는 소박하지만, 근사한 분위기의 식당이었다. 이곳에서 인도
네시아의 필름아카이브인 키네포럼의 리자보나 라흐만, 그리고
젊은 감독 에드윈 등과 많은 이야기를 나누었다. 리자보나와는
내년에 준비 중인 특별전과 관련하여 여러 가지 도움을 요청하
였다. 저녁 식사를 마치고 다 함께 바로 자리를 옮겼다. 바에 가
기 전에 서점에 들러 책과 인도네시아의 인디밴드들 CD 여러

장을 샀다. 바에는 니아 디나타 일행이 있었다. 니아 디나타 역시 중요한 여성감독 겸 제작자로, 이번 자카르타국제영화제 폐막작 〈연의 노래〉의 공동연출자 중의 한 사람이다. 우리 영화제에는 2004년에 〈아리산〉이 상영된 바 있다. 그녀는 이번에 자신의 작품 외에도 〈퀴키 익스프레스〉라는 지골로 영화를 제작하여 현재 흥행에서 좋은 성적을 거두고 있기도 하다. 폐막작 〈연의 노래〉는 내가 떠나는 다음 날 상영이라 스크리너를 미리 받기로 하였다.

12월 12일 수요일

아침에 샨티 하마인을 만나다. 그녀는 이를테면 여장부이다. 제작자이면서 자카르타국제영화제 조직위원장인 그녀는 자카르타국제영화제 창설자이면서 모든 재정을 도맡아 조달하고 있다. 200편가량의 영화를 상영하는 꽤 규모가 큰 영화제임에도 불구하고 전체 예산은 놀랍게도 한화로 약 4억 원에 불과하다. 그리고 정부나 시로부터 일체의 지원도 받지 않고 있다. 그녀는 자카르타국제영화제의 시나리오 개발 워크숍과 우리 영화제의 AFA, 아시아영화펀드와의 교류, 내년 10회 영화제 기념으로 한국영화 특별전을 하고 싶다고 하였다.

영화는 〈멩게자르 마스-마스〉, 〈마아프, 사야 멩하밀리 이스트리 안다〉, P. 람리의 〈라부와 라비〉, 핌파카 토위라의 다큐멘터리 〈진실은 밝혀진다〉(태국)를 보았다. 꽤 잘 만든

129

멜로드라마인 〈멩게자르 마스-마스〉는 음악에 필이 꽂혔다. 시
나리오를 쓴 작가가 음악도 맡았는데, 몬티 티와가 바로 그이다.
그는 영화감독이기도 하다. 테마송인 '꼬송'은 호소력 짙은 티와
의 목소리와 피아노 반주가 어울려 매우 낭만적인 분위기를 연
출해 내고 있다. 그래서 영화가 끝난 뒤, 바로 CD 샵으로 달려
가 OST 앨범을 샀다. 사실, 인도네시아 음악은 국제적으로도 널
리 알려질 만큼 화려한 전통을 자랑한다. 동남아 국가 중에 자국
영화의 OST 앨범을 발매하는 나라가 별로 많지 않은데, 인도네
시아는 예외이다.

저녁에는 에드윈을 만나 우스마르 이스마일 센터를 찾
았다. 우스마르 이스마일은 인도네시아영화의 아버지라 평가받
는 사람이다. 이곳에는 키네포럼 본부가 있고 극장도 있다. 문제
는 재정난 때문에 극장에서 영화 상영을 못하고 공연 대관만을
주로 하고 있다는 점이다. 그런데 이날 마침 최근 인도네시아에
서 인기를 끌고 있는 복고풍 밴드 'White Shoes & The Couples
Company'의 공연이 있었다. 공연 전에 인도네시아의 과거 영
화에 대한 30분짜리의 다큐멘터리 상영이 있었는데, 그 다큐멘
터리를 에드윈이 연출한 것이다. 에드윈과 'White Shoes & The
Couples Company' 멤버들은 절친한 친구 사이로, 이번 공연의
컨셉과 다큐멘터리의 주제가 잘 맞아떨어졌다.

12월 13일 목요일

오전에는 〈자카르타 언더커버〉 라는 스릴러영화를 보았다. 마약과 트랜스젠더, 살인 등 자카르타의 이면을 적나라하게 드러내는 작품으로 시나리오는 조코 안와르가 썼다. 조코 안와르는 2005년에 〈조니의 약속〉이라는 데뷔작이 부산영화제에 소개된 바 있는 감독으로, 시나리오에 상당한 재능을 가지고 있는 감독으로 평가하고 있다. 그가 시나리오를 쓴 〈자카르타 언더커버〉 역시 시나리오 자체로는 탄탄한 구성을 보여주고 있지만, 문제는 연출이다. 좋은 시나리오를 충분히 살리지 못한 아쉬움이 많이 남는다. 오후에는 자카르타 예술학교로 옮겨 리티판의 다큐멘터리 〈종이로는 재를 쌀 수 없다〉(캄보디아)를 보았다. 프놈펜의 매춘녀들의 삶을 그린 이 작품은 실상이 너무 처참하여 보기가 힘들 정도이다.

그리고 다시 블리츠 시네마로 건너와서 〈퀴키 익스프레스〉를 보았다. 이 작품은 자카르타국제영화제 상영작은 아니고, 제작자인 니아 디나타가 해외 게스트들을 위해 영어자막판을 특별상영한 것이다. 상영이 끝난 뒤, 감독, 배우들과 식사를 함께 하였다. 어제 만났던 꽃미남 배우 니콜라스 사푸트라도 그랬지만, 이곳 인도네시아 배우들은 웬만큼 영어는 다 하는 것 같다. 니아 디나타는 〈퀴키 익스프레스〉의 흥행 성공과 자신의 신작 〈연의 노래〉가 자카르타국제영화제 폐막작으로 선정되는 등 2007년을 비교적 보람있게 보내는 것 같다.

131

아침에 에드윈을 만나 그의 신작을 보러 갔다. 아직 러프 컷 단계이기는 하지만, 비교적 만족스럽다. 에드윈은 AFA 1기 학생이었을 뿐 아니라 그의 단편이 두 편이나 우리 영화제에 소개되었을 정도로 실력을 인정받고 있는 유망주이다. 이번 영화 역시 미라 레스마나의 마일스 프로덕션에서 제작을 하였고, 많은 인도네시아의 영화인들이 물심양면으로 도와주고 있다. 제목은 〈날기를 꿈꾸는 눈먼 돼지〉. 화교와 동성애 등의 이야기가 다양한 세대와 계층별로 전개되는 작품으로, 여태껏 인도네시아에서는 볼 수 없었던 류의 영화이다. 문제는 후반작업비. 아직 후반작업비를 마련 못했고, 로테르담영화제의 프로젝트 마켓인 시네마트에 초청이 되어 있어 기대를 걸고 있다. 향후 진행 과정에 대해서는 나와 긴밀하게 협의를 하자는 정도로 마무리를 지었다. 오후에는 공포영화 〈라왕 세우 덴담〉, 〈KM 14〉, P. 람리의 〈락사마나 도레미〉를 보고, 저녁에는 영화제가 주최한 고별 파티에 참석했다. 영화제 막바지라 게스트들이 많지는 않지만, 오히려 아담한 분위기 속에서 저녁 식사를 하였다. '다포에'라는 이름의 이 레스토랑은 네덜란드 통치 시절에 지어진 건물이 인상적이며, 인도네시아 전통 가정식 요리를 취급한다. 이곳에서 올해 우리 영화제에 다큐멘터리 〈보이지 않는 도시〉로 참가했던 탄 핀핀(싱가포르), 에드워드 까바뇨 시네말라야 영화제 프로그래머, 빅터 실라콘 방콕세계영화제 집행위원장 등 많은 아시아영화인들을 만날 수 있었다.

12월 15일 토요일

오후에 출발인데, 오전에는 다시 극장행이다. 공포영화 〈한투〉를 봤다. 좀 실망스럽지만, 관객들의 반응은 여전히 뜨겁다. 이번 출장길에 웬만큼 중요한 인도네시아 영화인들은 다 만났지만, 해외에 나가 있는 국민배우 크리스틴 하킴, 지방에서 촬영 중인 가린 누그로호를 못 만나 아쉽기는 하다. 그리고 집행위원장 랄루를 만나 이번 자카르타국제영화제에 초청된 모든 인도네시아영화의 스크리너를 우편으로 보내주겠다는 약속을 받았다. 2008년에는 에드윈, 가린 누그로호, 조코 안와르, 리리 리자 등의 신작이 나올 것이다. 이 정도면 꽤 풍성한 한 해가 될 것 같다. 그중에서 두 편 정도는 이미 이야기가 되어 우리 영화제에서 월드 프리미어로 상영할 수 있을 것 같다. 이번 자카르타국제영화제 출장은 그런 점에서 만족스럽다.

133

2007년 한 해가 이제 저물어 가는군요. 세모를 맞아 저희 영화제에 사랑과 관심을 보여주셨던 모든 분께 다시 한 번 감사의 인사를 드립니다.

저희 영화제는 서울 사무실을 옮겨 새 단장을 했습니다. 그동안 나누어져 있던 마켓 사무실도 합쳐서 행정의 일원화와 효율성을 더 높일 수 있게 되었습니다. 올 한 해의 결산과 내부 조직 정비는 이용관 집행위원장을 중심으로 차분히 진행되고 있고, 김동호 집행위원장은 카이로, 마라케시 영화제 등 해외 출장을 계속 다니고 계십니다.

저는 11월 이후 베트남 호치민시에서 열린 한국영화 주간행사와 세미나에 다녀왔습니다. 그리고 도쿄필름엑스 영화제와 자카르타국제영화제를 다녀왔습니다. 두바이와 쿠알라룸프르, 금마장영화제는 초청을 받았지만 이들 영화제와 일정이 겹치는 바람에 부득이 포기할 수밖에 없었습니다.

이들 참가 영화제 중에 자카르타국제영화제를 소개해 드리고자 합니다. 지난 12월 7일부터 16일까지 열린 자카르타국제영화제는 올해로 9회를 맞는 영화제로, 인도네시아영화 경쟁부문을 가지고 있지만 기본적으로는 비경쟁영화제입니다. 저는 개인적으로 아직 좀 이르기는 하지만, 내년도 우리 영화제 초청작을 물색하고 올해와 내년도 인도네시아영화의 흐름을 파악하기 위해 자카르타국제영화제에 참가하였습니다. 그리고 저는 이번 참가가 매우 시의적절하였다는 판단을 하고 있습니다. 우선, 올해는 인도네시아영화의 매우 중요한 전환점이 되는 해입니다. 그것은 인도네시아영화의 자국시장 점유율이 드디어 50%를 돌파하는 해이기 때문입니다. 지난 2004년 우리 영화제는 '가린과 넥스트 제너레이션: 인도네시아영화의 새로운 가능성'이라는 제목의 특별전을 개최한 바 있습니다. 당시 소개하였던 가린 누그로호와 리리 리자, 니아 디나타, 리잘 만토바니, 난 아크나스 등은 여전히 의미 있는 활동을 하고 있고, 상업영화의 성공까지 겹쳐 이제 인도네시아영화는 새로운 황금기를 맞고 있습니다. 그런데 시장점유율 50% 돌파에는 매우 흥미로운 부분이 있습니다. 공포영화와 코미디영화의 인기가 50% 돌파의 쌍끌이 역할을 하고 있는데요, 특히 공포영화의 인기는 상상을 초월합니다. 이번에 자카르타국제영화제의 인도네시아 장편 경쟁부문에 초청된 38편 중 14편이 공포영화였습니다. 현지 영화인들은 공포영화가 자카르타보다는 지방에서 훨씬 인기가 많으며, 이러한 현상이 앞으로도 계속될 것이라고 예측하고 있습니다. 또한, 이들 공포영화는 이제 인도네시아만의 특성을 만들어나가고 있습니다. 태국의 공포영화가 대부분 슬래셔영화인데 반해 인도네시아의 공포영화는 무서운 형상을 한 유령이나 귀신의 존재에 대해 더 관심이 많으며, 고정된 틀의 형상을 하고 있습니다. 불에

135 타서 그을린 듯한 외형, 긴 머리 등이 전형적인 인도네시아 공포

영화의 유령의 모습입니다. 이들 중 몇 편은 상영금지를 당하기
도 했습니다. 대표적인 예가 루디 소자르워의 〈뽀총〉(뽀총: 귀신
이라는 뜻)입니다. 1998년 대규모 인종폭동이 발생하였을 때 많은
중국계 인도네시아인들이 폭행, 테러, 강간을 당한 충격적인 사
건들이 있었습니다. 〈뽀총〉은 당시를 시대적 배경으로 억울하
게 강간과 죽임을 당한 중국계 인도네시아인 귀신의 이야기를 다
루고 있습니다. 〈뽀총〉이 상영금지를 당한 이유를 대충 짐작하
시겠죠? 코미디도 흥미로운 작품들이 많습니다. 자카르타국제영
화제 기간 중 한창 개봉 중이던 디마스 디아야디닝그랏의 〈퀴키
익스프레스〉는 지골로를 소재로 한 섹시코미디로, 동성애 코드
도 자연스럽게 들어가 있는 작품입니다. 작품의 질 그 자체는 아
쉬운 점이 많기는 하지만, 정부의 지원책도 전무하고 재정 상태
도 여유롭지 않은 상태에서 이들 인도네시아영화가 50%의 점유
율을 일구어냈다는 것은 사실 놀라운 일입니다. 올해 자카르타
국제영화제는 바로 그러한 최근 인도네시아영화의 흐름을 확인
하는 자리였습니다.

　　자카르타국제영화제는 이 밖에도 흥미로운 부분이 많습
니다. 우선 첫째는 예산입니다. 180여 편의 작품을 상영하는 꽤
규모 있는 영화제임에도 불구하고 전체 예산은 약 4억 원에 불
과합니다. 싼 물가를 감안하더라도 놀랍도록 짠 예산임에는 틀
림없습니다. 더군다나, 이들 예산은 모두가 민간기업이나 공익
재단으로부터만 지원을 받아 충당되고 있습니다. 정부로부터는

일체의 지원이 없습니다. 이는 아무래도 조직위원장을 맡고 있는 여걸 샨티 하마인의 역량 때문이라고 판단됩니다. 자카르타 국제영화제의 창설자인 그녀는 올해 부산영화제 초청작인 난 아크나스의 〈사진〉을 제작한 저명한 제작자이기도 합니다. 다행히 내년에는 자카르타시로부터 예산지원을 받을 수 있을 것 같습니다. 두 번째로, 비록 예산 규모는 작지만, 자카르타국제영화제는 내용이 알찹니다. 영화제 기간 시나리오 개발 워크샵을 열어 수상자를 정한 다음 수상자에게 제작의 기회를 주는 프로그램을 진행하고 있습니다. 샨티 하마인은 이 워크숍 프로그램과 부산영화제의 아시아영화펀드 간의 교류를 제안하는가 하면, 내년 10회를 맞아 한국영화 특별전을 열고 싶다며 협조를 요청하기도 하였습니다. 마지막으로, 관객의 반응이 매우 인상적입니다. 자카르타국제영화제는 월드 시네마와 다큐멘터리 부문을 제외한 모든 부문을 무료로 상영합니다. 그러다 보니 가족 단위의 관객도 많습니다. 이들 관객은 영화 상영 전 스태프들의 인사에 일제히 큰 소리로 화답을 하는가 하면, 상영 중에도 감정표현이 매우 직설적입니다. 말 그대로 영화에 몰입하는 것입니다. 이들 관객의 호응이 자카르타국제영화제를 지탱시켜 주는 커다란 힘이 되고 있습니다.

영화제 외에 저는 많은 영화인을 만나 내년도 상황을 체크하였습니다. 우선 가린 누그로호. 그와는 통화만 하였습니다. 현재, 발리에서 〈나무 아래에서〉라는 신작의 촬영을 하고 있습니다. 리리 리자는 내년 2월에 신작 촬영에 들어가고, 니아 디나 타는 다른 3명의 여성감독과 함께 〈연의 노래〉를 막 완성하였으며, 신인감독 에드윈의 데뷔작 〈날고 싶은 눈 먼 돼지〉는 이제 막 촬영을 마쳤습니다. 에드윈은 제1회 아시아영화아카데미(AFA)의 학생이었고, 이미 뛰어난 단편으로 재능을 검증 받은 기대주입니다. 저는 12월 15일 오전에 〈날고 싶은 눈먼 돼지〉의 러프컷을 볼 수 있었습니다. 그리고 저와 후반작업 일정과 향후 영화제 참가에 대한 전략을 함께 논의하였습니다. 마침, 자카르타국제영화제에 칸국제영화제 감독 주간의 제레미 세가이가 참가하고 있고 그 작품을 저 다음으로 보기로 되어 있어, 저와 속을 터놓고 논의를 하였습니다. 제 개인적으로는 내년 뉴 커런츠 부문에 초청하고픈 욕심이 나는 작품이긴 한데, 내년 10월까지 기다리라고 하기에는 너무 무리한 요구인 것 같아서 일단 추이를 보기로 하였습니다.

　　마지막으로 이번에 본 작품 중에서 가장 인상적이었던 작품은 안디바티아르 유숩의 다큐멘터리 〈지휘자들〉이었습니다. 여기에는 세 명의 지휘자가 등장합니다. 프로 축구팀의 응원단장, 오케스트라의 지휘자, 합창단의 지휘자 이렇게 세 사람입니다. 인도네시아의 프로팀 아레마의 응원단장은 시합이 있는 날 수만 명의 관객을 지휘하며 응원을 이끌어내며, 자신이 재직 중인 대학의 졸업식에서 5,000명의 재학생을 동원하여 합창을 지휘하는 대학교수의 이야기도 흥미진진하게 전개됩니다. 안디바티아르 유숩은 현재까지는 축구에 관련된 영화만 만들고 있습니다. 전작인 〈더 작〉은 축구응원단에 관한 이야기를 그린 다큐멘터리로, 이 작품은 지난해 독일월드컵 기념으로 독일에서 상영되기도 하였습니다. 그의 차기작은 극영화로, 라이벌 축구팀의 서포터로 사랑에 빠지는 남녀의 이야기를 그릴 예정이라고 합니다. 〈지휘자들〉은 우리 관객들도 매우 관심을 가질만한 작품이라는 생각을 하고 있습니다. 그리고 저는 약 30여 편의 신작 DVD를 챙겨 왔습니다. 이런 상황들을 보면 내년도 인도네시아영화는 매우 흥미진진하리라 예상됩니다. 저는 개인적으로 작가영화들과 함께 일부 뛰어난 상업영화들도 우리 관객들에게 소개할 방법을 생각 중입니다. 올 한해는 이렇게 기분 좋게 마무리합니다.

올 연말에 저희 영화제는 홍보팀을 기획홍보실로 승격시키고, 조종국 전《씨네 21》기자를 실장으로 영입하였습니다. 천군만마를 얻은 듯합니다. 내년에는 조종국 실장의 지휘 아래 우리 영화제의 홍보가 보다 원활해지리라 기대해 봅니다. 저는 이만 인사드리겠습니다. 새해 복 많이 받으십시오.

P.S.

지난 12월 23일 전북 익산을 다녀왔습니다. 장률 감독의 〈이리-익산 편〉에 김동호 위원장님이 카메오로 출연하셨기 때문입니다. 김

139 동호 위원장님은 이재용 감독의 〈정사〉, 클레어 드니의 〈인트루더〉

에 카메오로 출연하신 적이 있지만, 이번에는 옛 연인을 찾아 익산으로
내려온 노신사역을 맡아 출연하셨습니다. 이번에는 대사도 꽤 있었는데, 김동호 위원장님의 연기에 대해서는 모두 만족해하였고, 촬영을 마친 뒤 모든 스태프의 사인이 들어가 있는 커다란 컵을 김동호 위원장님께 선물로 증정하는 등 화기애애한 분위기 속에서 마무리를 지었습니다. 장률 감독과는 만약 〈이리-익산 편〉이 부산국제영화제에 초청받으면 '관객과의 대화'에 김동호 위원장님도 반드시 등장하게 하자고 약속하였습니다. 단 7억 원의 예산으로 중국(이리-중경 편)과 한국에서 두편의 영화를 만드는 데다가, 12일 만에 〈이리-익산 편〉의 촬영을 마무리 짓는 장률 감독 및 스태프들의 초인적 의지와 열정에 감탄하였습니다. 내년에 좋은 영화 두 편이 나오리라 기대해 봅니다.

2008

2008 이미지포럼 페스티벌 전경 |

2월 26일 화요일

아오야마에 있는 이미지 포럼을 찾았다. 매년 도쿄, 교토, 나고야 등 대도시를 순회하며 개최되는 이미지 포럼 페스티벌은 일본 실험영화의 최대 축제이다. 매년 약 500편 내외의 실험영화가 출품되며 그중에서 60여 편의 작품을 본선에 올린다. 이번 심사에서 봐야 할 작품은 본선에 오른 58편이다. 나와 심사를 함께 볼 분들은 바바라 론던 뉴욕현대미술관 큐레이터와 가와나카 노부히로 이미지 포럼 창립자이다. 가와나카 씨는 저명한 실험영화 작가이기도 하다.

145   오늘 본 작품은 모두 13편. 이 중 장편 2편, 중편 1편이 포

함되어 있다. 오전 11시부터 저녁 7시까지 강행군이다. 포맷은 대부분 DVD 나 mini-DV, DV이다. 단편 애니메이션의 경우 액자 속 이미지를 통해 현대 사회의 소외를 풍자하는 카리노 쇼코의 〈이치토세〉, 댄서들의 움직임을 추상적 형태로 묘사하는 쿠로야나기 테페이의 〈시간이 지나가면〉이 눈에 띈다. 전통적 방식의 실험영화 중에는 아리가와 시게오의 〈1그램의 기억〉이 인상적이다. 일본과 동남아시아의 여러 지역에서 유사한 이미지를 찍어 교차편집하는 방식의 영화이다. 이를테면 창밖에 걸린 빨래의 모습이 도쿄, 방콕 등 장소를 옮겨 가며 보이는 것이다. 일본의 실험영화의 전통이 오래되다 보니, 다양한 직업군의 감독이 배출되는가 하면 영화학교 별로 뚜렷한 특징을 보이기도 한다. 오늘 본 작품의 감독 중에는 회사원, 농부, 무직 등 그야말로 다양한 배경을 가진 사람들이 있다. 그런가 하면, 일본에 유학 중인 한국 학생의 작품도 눈에 띈다. 원형 속에 일상의 이미지를 집어넣어 독특한 분위기를 자아내는 〈회귀〉는 무사시노 미술대학원을 졸업한 손우경 감독의 졸업작품이다. 일본에서는 무사시노대학과 타마대학, 도쿄공예대학이 특히 실험영화가 강한 편이다. 일본영화학교나 도쿄영화미학교가 드라마에 강한 것과 대비가 된다. 최근에는 도쿄예술대학에서도 활발하게 작품이 배출되고 있는데, 〈내가 있는 곳의 기억〉을 만든 가와베 료타 역시 이곳 출신이다. 〈내가 있는 곳의 기억〉은 10년 전 실종된 아이에 대한 이야기를 하면서 텅 빈 아파트 단지의 이미지를 연속적으로 보여주고 있다. '실종'이라는 사건과 '대중 속의 고독'을 적절히 조화시키고 있는 것이다.

이미지 포럼 건물 4층에 위치한 사무실에는 부엌도 딸려 있다. 이곳에서 도미야마 가츠에 이미지 포럼 대표가 직접 준비한 점심을 먹었다. 분위기가 화기애애할 수밖에 없다.

저녁 7시에는 하야시 가나코 도쿄필름엑스 집행위원장과 일본에 오랫동안 살고 있는 이란의 영화인 쇼흐레 골파리안과 식사를 하였다. 두 사람과 올해 일본, 이란영화의 경향과 새 소식을 전해 들었다.

2월 27일 수요일

부산국제영화제에 초청할 일본영화를 선정하는 데에 있어 찾아야 할 황금의 삼각지역이 있다. 가와기타 기념 영화연구소와 피아영화제, 그리고 이미지 포럼이다. 가와기타는 장편 극영화, 피아영화제는 독립영화, 이미지 포럼은 실험영화 중심으로 그 성격이 명확하기 때문이다. 이 밖에도 일본영화학교, 도쿄영화미학교, 도쿄예술대학 등이 있지만, 아무래도 이들 세 곳이 가장 중요하다. 이미지 포럼에서는 8㎜ 필름 영화를 보는 즐거움도 있다. 이제는 일본, 호주, 독일, 캐나다 정도만이 8㎜ 필름 영화를 만들고 있는데 그중에서도 일본이 가장 활발하다. 한국에서는 이미 오래전에 8㎜ 필름영화가 사라졌기 때문에 이곳에서 8㎜ 필름영화를 보면 마치 80년대로 돌아간 듯한 느낌이 든

147

다. 오늘 본 16편의 작품 중에서도 8㎜ 필름 영화가 3편이나 된
다. 그중에서 구리하라 미에의 〈신년 10일간〉은 일종의 영상일
기이다. 2005, 2006, 2007년 매해 연말연시를 보내는 자신의 모
습을 연대기 순으로 나열한 작품이다. 이런 류의 작품이야말로
8㎜ 필름에 가장 적합한 이야기를 담고 있는 것이 아닌가 하는
생각이 든다. 도로 위의 흰색 중앙선 부분을 계속 카메라에 담아
낸 작품도 있다. 오니타 히로시의 〈라인〉이 그 작품으로, 이동
카메라에 담긴 중앙선의 모습은 미묘한 추상적 이미지를 만들어
낸다. 다큐멘터리 중에서도 재미있는 작품을 발견하였다. 사토
다케토의 〈모코코〉는 자기 아내의 출산 과정을 담은 작품이다.
분만실에까지 카메라를 들고 들어가 출산 장면을 적나라하게 담
아내고 있다. 출산 장면을 직접 보지 못했던 관객에게는 쇼킹한
장면일 수도 있을 것 같다.

저녁에는 히로미 아이하라를 만나 식사를 하였다. 일본
독립영화의 이모쯤 되는 그녀와는 오랜 지기이다. 특히 이번에
는 시네마테크 부산이 구입하려고 하는 마쓰무라 야스조 작품의
시네마테크 판권 구입에 관한 도움을 받고 있다. 판권 소유사인
가도카와 사가 시네마테크 판권 판매에 별로 관심이 없어서 시
네마테크 부산 측과 별로 진척이 없던 차에 그녀에게 도움을 청
했다. 어쩌면 일이 잘 풀릴 것 같다. 그리고 올해 우리 영화제가
준비 중인 특별전에 관해 많은 의견을 나누었다.

2월 28일 목요일

오늘은 상영 마지막 날이다. 작품 수는 무려 28편. 단편이 많기는 하지만, 만만치 않은 하루가 될 것 같다. 특히 중간중간에 쏟아지는 졸음을 견디는 것이 최고의 관건이다. 어제는 바바라가 막판에 쓰러지다시피 졸았었는데.

두 번째로 본 일본 유학생 김동훈 감독의 〈일요일〉은 일요일의 바깥 풍경을 모노 톤으로 담아낸 작품으로, 방안에 걸어둔 자켓의 반복적 이미지와 함께 인상적인 실험영화이다. 벤에서 생활하다가 죽은 형의 시체를 계속 차에 싣고 다니는 한 중년 남자의 이야기를 담은 페이크 다큐멘터리 〈다리 아래의 장례식〉도 흥미로운 작품이다. 아베 사야카의 〈가족의 시간〉은 대가족 생활을 하는 감독 자신의 가족 이야기이다. 특히, 이제는 치매에 걸린 할아버지와 감독 간의 이야기가 매우 감동적이다. 실험영화라기보다는 전형적인 다큐멘터리라서 수상권에는 들지 못할 것 같다. 가장 눈에 띄는 작품은 나카지마 유스케의 〈무의식〉이다. 수도꼭지에서 떨어지는 물에서 카메라가 이동하면 포말이 일고 포말이 만들어 내는 다양한 추상적 이미지를 계속 보여주는 작품이다. 제목과 영상이 너무나 잘 어울리는 작품이다.

중간에 부산 사무실로 연락해 보니, 몇 군데 중요한 곳에서 스크리너를 보내왔거나 보내겠다는 연락이 왔다고 한다. 올해 특별전은 예년에 비해 관객의 반응이 뜨거울 것으로 예상되는데, 현재까지는 과정이 순조롭다.

149

　　오늘은 오후 1시부터 최종 심사회의를 했다. 가와나카 노부히로 감독은 일본 실험영화의 산증인과도 같은 분이라 출품작 감독들의 성향에서부터 작품의 의미에 이르기까지 거의 모든 것을 꿰뚫고 있다. 비록 강하게 주장하지는 않지만, 그 정도 공력이면 나나 바바라가 자기주장을 강력하게 하기는 쉽지 않을 것 같다. 그런데도, 의외로 의견이 비슷비슷하게 간다. 천만다행이다. 특히, 8㎜ 작품에는 반드시 한 편 이상의 수상작을 내자는 나의 제안에 매우 즐거워한다. 해서, 약 4시간 만에 결과를 냈다. 모두가 만족해하는 분위기이다. 심사가 다 끝난 뒤, 이미지 포럼 측에서는 한국에 돌아간 뒤 총평을 써달라고 한다. 하여간 쉽게 넘어가는 법이 없다.

　　중간에 대만의 동생 장산링으로부터 전화를 받았다. 에드워드 양 감독의 조감독 출신인 웨이더셩이 드디어 데뷔작을 만든다고 한다. 이미 오래전부터 지켜봐 왔던 재능인데, 이제야 빛을 보는구나 생각이 든다. 이미 촬영은 마쳤고, 후반작업 중이라고 한다. 가능하면 홍콩국제영화제에서 만날 때 러프컷 스크리너를 가져다 달라고 부탁을 하였다. 칸은 이미 늦은 것 같고, 베니스만 넘기면 우리가 월드 프리미어를 할 수도 있을 것 같은데, 일단 스크리너를 보고 다음 대책을 세워야 할 것 같다.

　　저녁에는 이미지 포럼에서 근사한 프랑스 레스토랑으로 우리를 초대하여 식사대접을 하였다. 비록 나흘간의 짧은 일정이었지만, 일본 실험영화의 현황과 열정을 직접 체험하는 좋은 기회였던 것 같다. 개인적으로는 두 편 정도를 우리 영화제에 초청할 생각이다. 포맷이 문제이기는 한데, 일단 우리 기술팀장과 상의해 봐야 할 것 같다.

12회 영화제가 끝난 지가 엊그제 같은데, 벌써 3월입니다. 그리고 보니 이제 7개월밖에 남지 않았네요. 영화제는 지난 2월 21일 정기총회를 열고 지난해 결산과 올해 사업계획/예산안을 승인받았습니다. 올해 예산은 지난해에 비해 15%가 증액된 89억 원을 책정하였습니다. 2006년에 마켓을 새로 출범시켰지만, 예산 절감을 강조하다 보니까 많은 어려움이 따랐고 올해는 그러한 점을 보완하는 측면에서 예산을 89억 원으로 책정한 것입니다. 일단 문광부에서 행한 지난해 영화제 평가에서 좋은 평가를 받아 올해 정부 지원예산이 1억 원이 증액되었고(15억 원), 기업 스폰서를 확충하여 균형예산을 맞출 계획입니다.

이번 총회에서는 이 밖에도 조직개편에 대한 보고도 올렸습니다. 이미 말씀드렸던 대로, 홍보팀을 기획홍보실로 확대 개편하였고 아시안필름마켓은 영화제조직 내에서 마켓실로 조정되었습니다. 또한, 교육기술실과 ACF팀, 영상센터팀을 신설하여 업무의 효율화를 꾀하고 미래를 준비하는 계기로 삼기로 하였습니다.

프로그램실의 변화도 있었습니다. 전양준 월드 시네마 프로그래머 겸 부집행위원장이 마켓 운영을 책임짐에 따라 추가로 월드 시네마 프로그래머를 새로 임명하였습니다. 기존의 전양준, 이수원 프로그래머 외에 지난해까지 한국영화 회고전을 담당하였던 조영정 프로그래머를 월드 시네마 프로그래머로 새로 임명하였습니다. 이수원 프로그래머는 프랑스, 이태리 지역을 중심으로 한 유럽을, 조영정 프로그래머는 라틴아메리카와 오세아니아, 아프리카 지역을 맡게 될 것입니다. 또한, 김선엽 프로그래머를 '플래쉬 포워드' 부문 담당 프로그래머로 영입하였습니다. 아시아영화팀은 팀장이었던 옥미나 팀장을 아시아영화 특별전을 전담하는 프로그램 코디네이터로 새로 발령하였고, 아시아영화아카데미에서 근무했던 박성호 씨를 아시아영화 팀장으로 발탁하였습니다.

올해 저희 영화제의 가장 중요한 화두는 '한국영화'입니다. 여러분들도 잘 아시는 것처럼 최근 한국영화산업은 위기론이 대두되고 있고, 실제로 많은 어려움을 겪고 있기도 합니다. 영화제가 할 수 있는 역할이 한정되어 있기는 하지만, 저희는 할 수 있는 모든 역량을 동원하여 한국영화산업 위기극복의 전기를 마련하고자 합니다. 먼저, 올해 영화제 기간 한국영화계의 모든 분야가 참여하여 현재의 한국영화산업 위기의 원인을 분석하고 대안을 제시하는 '한국영화산업진흥을 위한 대토론회'를 염두에 두고 있습니다. 또한 한국영화의 해외진출을 돕고 합작을 유도하는 방안들을 좀 더 구체적으로 모색하고자 합니다. 한국영화에 대한 사랑을 다시 한 번 당부드립니다.

한국영화가 어려움을 겪고 있기는 하지만, 아시아영화 전반은 상승무드에 있는 것으로 보입니다. 저는 최근 한 달 사이

에 아시아의 많은 젊은 감독들로부터 감사의 인사를 담은 이메
일을 받았습니다. 지난해, 저희 영화제가 발굴한 뛰어난 작품들
이 올해 들어서도 해외에서 좋은 평가를 받고 있고, 그에 대한 감
사의 편지를 보내온 것입니다.

　　가장　최근에는　베를린영화제에서　구마사카　이즈루의
〈공원과 러브호텔〉(일본)이 최우수 데뷔작상을 수상하였고, 이
소식은 일본 내에서도 비중 있게 보도가 된 바 있습니다. 〈공원
과 러브호텔〉은 지난해 뉴 커런츠 초청작이었고, 인터내셔널 프
리미어로 소개된 바 있습니다. 구마사카 이즈루 감독은 저희 영
화제에 각별한 감사의 편지를 보내왔습니다. 이처럼 올해는 지
난해 저희 영화제 프리미어 작품들이 유독 많은 해외 유수의 영
화제들로부터 러브콜을 받고 있는가 하면, 수상 실적도 상당합
니다. 로테르담영화제 타이거상 장편 부문 수상작인 아딧야 아
사랏의 〈원더풀 타운〉과 리우 셩 탓의 〈주머니 속의 꽃〉, 단
편 부문 수상작인 호유항의 〈죽을지도 몰라〉, 베를린영화제 타
게슈피겔 독자상 수상작인 싱잉 첸의 〈신 인간 개〉 등이 있습
니다. 이러한 성과는 앞으로도 계속 이어질 전망입니다. 홍콩국
제영화제의 아시안디지털 경쟁부문에 〈주머니속의 꽃〉과 윙셔
우밍의 〈푸지안 블루〉가, 싱가폴영화제 경쟁부문에 윤성호 감
독의 〈은하해방전선〉이 초청을 받은 상태입니다. 올해도 저희
영화제는 새로운 아시아의 젊고 유망한 작가 발굴에 전력을 기
울이도록 하겠습니다.

저는 지난 2월 25일부터 3월 1일까지 일본의 이미지 포럼 페스티벌 심사위원직을 맡아 도쿄에 다녀왔습니다. 이미지 포럼은 일본의 실험영화의 산실이고, 매년 봄에 이미지 포럼 페스티벌을 개최합니다. 저는 이번에 본선에 오른 58편의 장·단편을 바바라 론던 뉴욕현대미술관 큐레이터, 이미지 포럼의 창설자이자 저명한 실험영화 감독이기도 한 가와나카 노부히로와 함께 심사하였습니다. 이미지 포럼은 제가 일본영화 초청작을 선정할 때 빠뜨리지 않고 방문하는 곳으로, 세계적으로도 손꼽히는 실험영화 교육/상영공간입니다. 몇 년 전에 아오야마로 옮기면서 상영관도 두 개관으로 늘었고(주로 장편 예술영화 중심의 상영공간), 꾸준히 활발한 활동을 해오고 있는 곳입니다. 건물 4층의 사무실에는 부엌도 갖추고 있어서, 심사 기간 중 점심은 그곳에서 해결하였습니다. 모두가 가족적인 분위기에서 일을 하고 있는 모습이 아름다워 보였습니다. 저는 개인적으로 올해 우리 영화제 초청을 고려할만한 작품을 찾을 수 있어 즐거웠습니다. 일본영화의 저력을 이야기할 때 다양한 저변을 언급하곤 하는데, 이미지 포럼이 그 대표적인 예가 될 것 같습니다. 이곳에서는 아직도 8㎜ 필름 영화가 만들어지고 있습니다. 한국에서는 이미 오래전에 사라져 버린 매체이죠. 전 세계적으로도 8㎜ 필름 영화를 만드는 나라는 이제 몇 안 됩니다. 가와나카 노부히로 감독은 일본의 현상소가 수익성 때문에 8㎜ 필름현상 사업을 포기하려 할 때마다 **155** 각종 로비를 통해 막고 있다고 하였습니다. 되려 그는 디지털영화의 문제를 극복할 수 있는 가장 훌륭한 매체로 8㎜ 필름 영화를 주장하고 있습니다. 필름으로 만드는 영화의 기본을 저예산으로 익힐 수 있다는 것이지요. 이곳에서 배출된 인재들도 많습니다. 시노부 야구치, 야마무라 코지 등이 바로 그들입니다. 일체의 공적 지원 없이 자력으로 실험영화 교육과 상영공간을 꾸려나가고 있는 이미지 포럼의 정신과 열정에 다시 한 번 경외감을 느끼고 돌아왔습니다.

아시아영화상 감독상을 받은 이창동 감독이 소감을 말하고 있다

3월 17일 월요일

오후 2시 20분에 홍콩공항 도착인데, 4시에 마켓에서 요르단영화 아민 마탈카의 〈캡틴 아부라에드〉가 상영될 예정이다. 호텔에 도착하자마자 짐을 방에 두고 곧바로 마켓상영 극장이 있는 홍콩 전시컨벤션 센터로 달려갔다. 약 30분이 지났지만 전체 내용을 파악하는 데는 무리가 없어 다행이다. 요르단은 1957년에 〈자라쉬의 투쟁 Struggle In Jarash 〉이라는 자국영화를 처음 만든 이후 영화제작 자체가 그다지 활발하지 못하여 주목을 받지 못한 나라였다. 그런데 AFI에서 영화를 공부한 아민 마칼카가 고국으로 돌아가 만든 〈캡틴 아부라에드〉는 지난해 12월에 열린 두바이영화제 남우주연상, 올해 초 열린 선댄스영

화제에서 관객상을 받은 작품이고, 해외에 수출된 최초의 요르단영화이기도 하다. 동네 아이들이 비행기 기장으로 알고 있는 공항 청소부 아부 라에드가 가정폭력에 내몰린 아이를 돕는 이야기를 다룬 작품으로 찰리 채플린의 〈시티 라이트〉를 연상시키는 훈훈한 영화이다

저녁에는 홍콩 전시컨벤션 센터 그랜드홀에서 아시아영화상 시상식이 있었다. 그런데 무대세트가 좀 허술하다. 이유는 곧 알게 되었다. 시상식이 방송을 통해 생중계되었고, 시상식 무대는 곧 방송용 무대였던 것이다. 시상식 과정은 생방송 때문에 좀 이상하게 흘러갔다. 15분 단위로 나가는 CF 때문에 정작 시상식장의 게스트와 관객들은 중간에 멍하니 자리를 지키고 있거나 무대 옆 대형화면으로 나오는 광고를 보고 있어야 했다. 시상식 결과는 이미 언론에 보도된 대로 〈밀양〉의 독무대였다. 홍콩기자들은 아시아영화상이 한국영화를 위해 만들어진 상이냐고 우스갯소리를 했지만, 내가 보기에는 한중일 삼국을 위한 상인 것 같다. 전체 수상자 중에 한국과 일본(본상 수상은 없었다. 야마다 요지가 평생공로상을, 이시이 유야가 이번에 신설된 에드워드 양 영 탤런트상을 수상했을 뿐이다), 그리고 중국권(중국, 대만, 홍콩)을 제외하면 작곡상 하나만이 비 동북아권 수상자였다(인도). 이러한 시상 결과는 지난해와 별 다를 바가 없었다. 그래서인지 수상 후보자도 대부분 동북아에서만 참석했다. 시상식이 끝난 뒤 하야트호텔에서 리셉션이 있었지만, 너무 피곤해서 오늘은 일찍 숙소로 돌아간다.

개막작인 〈카베이-우리 엄마〉 상영 전에 야마다 요지(감독)과
아사노 타다노부(배우)가 영화를 소개하고 있다

3월 18일 화요일

조니 토의 신작 〈참새〉는 베를린영화제 경쟁부문 초청
작이지만, 정작 홍콩국제영화제 초청 리스트에는 빠져있고, 심
지어 마켓에서도 상영을 하지 않는다. 대신 아침 10시에 타임스
퀘어의 한 극장에서 시사를 따로 한다고 한다. 해서, 다른 일정
제쳐두고 시사회에 참석하였다. 중국으로 돌아가고자 하는 한
여인을 돕는 소매치기 일당의 이야기를 다룬 작품으로, 후반부
에 주인공 일당과 과거 전설적인 소매치기였던 갑부 일당과의
소매치기 대결 장면이 압권이다(제목 '참새'는 홍콩에서 소매치기를 뜻
하는 은어라고 한다). 그리고 점심을 팡호청 감독과 함께 했다. 왕
159 가위, 조니 토 이후 가장 주목받는 팡호청 감독은 지난 2006년

도 PPP 프로젝트였던 〈아브라힘의 하루〉와 〈나이키를 기다리며〉 등 두 편의 프로젝트를 진행 중에 있다고 한다. 두 편 다 제작이 쉽지 않을 것 같았는데, 그나마 다행이다. 오후에는 마켓으로 가서 베트남 미디어(베트남), 파이브 스타(태국), 유니재팬(일본) 부스 등을 돌며 신작 정보와 함께 20편가량의 신작 스크리너를 받았다. 그리고 5시 45분에 개막작 상영장인 홍콩 전시 컨벤션 센터 내의 극장 1관을 찾았다. 이곳은 좌석 수가 겨우 600석 남짓이다. 지난해까지 1,500석 규모의 홍콩문화중심 대극장(침샤추이)에서 개막식을 하다가 올해 600석 규모의 극장으로 장소를 옮긴 것이다. 거기에는 그럴만한 사연이 있다. 홍콩은 워낙 다양한 국제행사가 열리는 이벤트 도시이기도 한데, 홍콩국제영화제가 중요도에 있어 밀려버린 것이다. 게다가 임시 사무실마저 늘 써왔던 홍콩문화중심을 쓰지 못하고 공식 호텔인 코스모폴리탄 호텔의 방 하나를 빌려 쓰고 있다. 책상은 단 하나. 비디오 룸에는 비디오 데크가 겨우 3개 놓여있다. 초청작 300편, 상영회수 500회의 대규모 영화제 임시 사무실이 이 정도이다.

홍콩국제영화제는 개막작이 늘 두 편인데, 초저녁에 한 편을 상영하고 개막식을 한 뒤 다시 두 번째 개막작을 상영한다. 그런데 그 개막식마저 극장 1관의 좁은 로비에서 초라하게 열렸다. 첫 번째 개막작은 올해 베를린영화제 경쟁부문 초청작인 야마다 요지의 〈카베이-우리 엄마〉(일본)이다. 태평양전쟁 당시

사상범으로 체포된 남편과 아이들을 보살피는 어머니의 이야기를 그린 작품으로, 야마다 요지의 좌파적 성향이 여지없이 발휘된 작품이다. 그런데 영화 상영 직후 씁쓰름한 해프닝이 발생했다. 엔딩 크레딧이 올라가는 도중 주최 측에서 다음 행사 안내 방송을 계속한 것이다. 엔딩 크레딧 중간에 굉장히 중요한 내레이션이 흐르는데, 그걸 방해해 버린 것이다. 그래서 화가 난 일부 관객이 '닥쳐'라고 소리치는 일이 벌어졌다. 개막식에서는 두 번째 개막작인 〈나비〉의 장초치 감독을 만났다. 〈나비〉는 2005년도 PPP 프로젝트로, 제작이 진행되는 과정에 모두 4가지 버전을 보아 둔 터였다. 해서 일단, 장초치 감독에게 축하의 인사만 전하고 대만, 일본, 홍콩의 영화인들과 저녁 식사 자리로 옮겼다. 이곳에서도 대만, 일본, 홍콩의 신작 소식을 챙겼다.

3월 19일 수요일

아침에 같은 호텔에 묵고 있는 차이밍량 감독과 리강생과 함께 조찬을 하였다. 차이밍량은 자신이 제작을 맡은 지난해 PPP 프로젝트 〈그림자 없는 유령〉의 쿠오난홍 감독의 근황을 들려주며 흥미로운 계획을 전했다. 호금전과 같은 연배의 쿠오난홍은 서구에서 거의 알려지지 않은 감독인데, 오는 여름 파리 시네마에서 그의 회고전을 연다고 한다. 문제는 쿠오난홍 감독이 20여 년이 넘게 영화를 만들지 않아 투자를 받기가 쉽지 않다는 점이다. 그래서 차이밍량은 자신이 쿠오난홍 감독과 함께 반

161

반씩 연출을 하는 방법을 추진 중이라고 하였다.

〈그림자 없는 유령〉은 명나라 시대를 배경으로 하는 무협영화이다. 말하자면 차이밍량 감독도 무협영화 연출을 한다는 것이다. 정말 기대가 되는 작품이 아닐 수 없다. 이와 아울러 차이밍량은 최근 점차 설 자리를 잃어가고 있는 아시아의 예술영화 시장 확대를 위해 자신이 부산영화제에서 뭔가 이벤트를 하고 싶다는 의사도 피력하였다.

이후 마켓을 찾아 홍콩 제작사인 유니버스 측과 〈참새〉의 초청 문제에 대해 상의를 하고, 말레이시아의 미디어그룹 아스트로의 해외구매 담당인 텅리엔, 베트남 미디어의 빅행 부사장 등과 점심을 먹었다. 빅행 부사장으로부터는 당낫민의 신작 〈당 트리 짬의 일기〉와 뷔탁 추옌의 〈무언의 열정〉, 그리고 지난해 PPP 프로젝트인 판당디의 〈두려워 하지마, 바이〉의 촬영 소식을 들었다.

다시 마켓 상영장. 홍콩의 저예산 독립영화 〈유니콘의 사랑〉(창와이형 감독)은 좀 처진다. 다음에는 인도의 미낙시 쉐데를 만났다. 평소와 다름없이 속사포인 그녀는 인도영화 신작에 대해 방대한 정보를 쏟아놓는다. 올해도 우리 영화제 코레스폰던트를 맡아 주기로 해서 고맙기 이를 데 없다. 저녁 7시에는 센트럴에서 열린 홍콩의 주요 제작사 '미디어 아시아'의 파티에 참가하였다. 몇몇 간부들에게 눈도장을 찍고 다시 북각의 대중적인 홍콩식당으로 향했다. 홍콩의 세일즈회사인 골든 네트워크와

싸이더스의 스태프들과 저녁을 하기 위해서다. 골든 네트워크는 올해 싸이더스의 작품 판매대행을 맡아 이번 마켓에서 첫 세일즈를 펼쳤는데, 다행히 성과가 좋다고 한다. 우연히 바로 옆자리에는 중국의 닝하오 감독(2006년도 부산국제영화제 폐막작 <크레이지 스톤>의 감독) 일행이 앉아있어 인사를 나누었다. 식사 중간에 '홍콩아시아파이낸싱포럼'(부산영화제의 PPP와 같은 프로젝트 마켓)의 수상작 결과를 들었다. 광호청 감독이 대상을 받았다고 한다. 마침 통화가 된 광호청 감독에게 축하 인사를 전한다. 오늘 하루도 이렇게 힘들게 보낸다.

3월 20일 목요일

아침 9시 30분. 마켓에서 제로 추의 <방황하는 꽃>(대만)을 보았다. 제로 추는 우리 영화제에서 소개된 <드랙퀸가무단>(2004)을 비롯, 퀴어시네마를 지속적으로 만들고 있는 여성

영화 <방황하는 꽃>

163

감독으로 〈방황하는 꽃〉역시 퀴어시네마이다. 전작 〈스파이 더 릴리〉가 레즈비언의 꿈을 이야기했다면, 이번 작품은 대만에서 레즈비언이 겪는 삶에 대해 구체적으로 이야기하고 있다.

점심은 홍콩의 메이저급 제작사 엠퍼러의 제작 담당 페기 리, 왕가위 회사인 젯톤의 해외업무 담당인 노먼 왕과 함께 했다. 페기 리는 현재 진행 중인 엠퍼러의 라인업을 설명하고, 홍콩과 한국의 스타를 등장시키는 버디무비 기획에 대해 이야기하였다. 그녀에 따르면, 홍콩영화가 당면한 심각한 문제 중 하나가 배우의 기근이다. 그래서 여러 배우를 여하하게 조합하느냐로 지난 몇 년간을 버텨왔는데, 성룡과 이연걸까지 조합한 이상 새로운 길을 찾을 수밖에 없고 한류의 붐을 의식하여 한국 배우를 물색하고 있다는 것이다.

점심 식사 이후, 다시 마켓을 찾아 두 편의 태국영화를 보았다. 콩데이 자투란라스미의 〈조심해서 다루어 주세요〉는 특이한 발상의 영화이다. 세 개의 팔을 가진 청년이 수술을 받기 위해 방콕으로 떠난 길에 만나는 여러 사람과 모험을 이야기하고 있다. 2005년에 부산에서 소개된 그의 전작 〈택시 운전수의 사랑〉에 비해서는 감흥이 좀 떨어진다. 프라챠 핀카엡의 〈초콜렛〉은 이미 국내 수입사가 정해져 개봉되겠지만, 빨리 보고 싶었던 작품이다. 국내에는 〈옹박〉과 〈뭄얌꿍〉(국내 개봉명 〈옹박-두 번째 미션〉)으로 잘 알려진 프라챠 핀카엡이 이번에는 여성 파이터를 주인공으로 한 액션영화를 선보인 것이다. 〈초콜렛>의 관건은 두 가지였을 것이다. 하나는 여성 파이터의 액션이 박진감 있겠는가?, 그리고 또 하나는 <옹박>과는 다른 류의 액션을 선보일 수 있겠는가? 하는 것이었을 것이다. 여주인공 역의 지자 비스미스타난다는 핀카엡이 이미 4년 전에 발굴하여 그동안 트레이닝을 시킨 배우이다. 흥미롭게도 그녀는 태권도 유단자이며, 핀카엡은 그녀에게 무에타이의 액션을 새롭게 익히게 하였다고 한다. 때문에, <초콜렛>에서의 그녀의 액션은 박진감이 넘친다. 상대방의 리액션에만 의지하는 여타 여성 파이터 캐릭터와는 분명 다르다. 새로운 액션 역시 충분히 점수를 줄 만하다. 다만, 볼거리에만 치중하다 보니 시나리오의 허술함이 두드러진다. 저녁에는 전 세계의 단편 애니메이션을 모은 <월드 애니메이션 1>을 보면서 하루를 마감한다.

3월 21일 금요일

아침 10시. 마켓 공식 호텔인 르네상스 호텔에서 태국 최대의 제작사인 사하몽콘사의 길버트 림과 파누 아리를 만났다. 일단 두 사람에게 올해 우리 영화제가 준비 중인 특별전에 필요한 사하몽콘사의 작품 섭외를 정리하고, 올해 사하몽콘의 라인업과 프로젝트에 대한 설명을 들었다. 무엇보다도 논지 니미부트르의 대작 <파타니의 여왕>의 러프컷을 볼 수 있어 흥미로웠다. 2004년도 PPP 프로젝트였던 <파타니의 여왕>은 워낙 대작이라, 제작 기간만 4년이 걸렸다. 개봉 일정도 계속 미루어져 오

165

는 8월에 개봉될 것이라고 한다. 7월에 방콕에 가서 파이널 버
전을 보기로 하였는데, 오픈 시네마 부문 초청을 고려해야겠다.

점심은 버라이어티 기자, 프로듀서 등 다양한 활동을 하
고 있는 로나 티와 하였다. 현재 그녀는 호유항(말레이지아)의 신
작 프로젝트를 진행 중인 한국 투자사와 투자조건을 조율 중에
있다. 한국 회사를 우리 영화제가 중간에 소개한 터라, 그녀의 의
견을 신중하게 들었다.

오후 3시에는 침샤추이의 스페이스 뮤지엄으로 건너가
벤자민 길모어의 〈사자의 아들〉(호주/파키스탄)을 보았다. 아들
에게 자신의 가업인 무기제조업을 물려주기 위해 학교조차 보내
지 않는 아버지와, 음악을 좋아하고 학교에 다니고픈 소년과의
갈등을 그린 작품이다. 서구인의 시각이 편향되지 않을까 걱정
했는데, 비교적 균형 잡힌 시각을 보여주는 작품이다. 오후 5시
에는 홍콩의 제작자 데니스 첸을 만났다. 성룡과도 일을 하였고,
주로 젊은 감독들을 발굴하는 데 앞장서 온 그는 지금도 3, 4편의
홍콩, 중국 프로젝트를 진행하고 있다. 그중 두 편 정도는 뉴 커
런츠 부문에도 맞을 것 같다. 해서, 5월 안으로 스크리너를 받기
로 하였다. 저녁에 본 작품은 〈9월의 바람-대만편〉이었다. 홍
콩의 저명한 배우 증지위는 제작자로서 젊은 감독들의 영화제작
을 꾸준히 해왔다. 이번에 대만의 제작자 예루펑과 함께 〈9월의
바람〉 연작을 만들었는데, 대만편, 홍콩편, 중국편이 그것이다.
그런데 중국편은 정부 당국의 검열에 걸려 상영이 취소되고 말았

다. 오늘 본 〈9월의 바람-대만편〉은 90년대 중반을 배경으로, 고등학생들의 우정과 사랑을 그린 성장영화이다. 이전의 성장영화들이 주로 세대 간의 갈등을 그렸다면, 이번 작품은 청소년들의 나약한 본성과 그로 인해 생겨나는 갈등을 사실적으로 그리고 있다. 나머지 두 편은 제작자 예루펑에게 스크리너를 극장에서 만나 받아 챙겨 두었다.

〈9월의 바람-대만편〉의 상영이 끝난 뒤 벤쿠버영화제 프로그래머이자, 우리 영화제 어드바이저이기도 한 토니 레인즈와 늦은 저녁을 하였다. 매년 우리 영화제 직전에 열리는 벤쿠버영화제는 때로 프리미어를 놓고 경쟁 관계에 놓이기도 하는데, 작년에는 꽤 많은 작품을 우리 영화제가 프리미어를 하는 바람에 약간 소원해지기도 했었다. 저녁을 먹으면서 토니에게 이해와 양해를 계속 구했다.

3월 22일 토요일

오늘은 극장에서의 상영스케줄이 오후 3시부터이다. 해서, 공식 호텔인 코스모폴리탄호텔 22층에 있는 임시사무실을 찾아 비디오를 보기로 하였다. 먼저, 왕샤오슈아이의 올해 베를린영화제 경쟁부문 진출작 〈좌우〉. 우선 내용이 눈에 확 들어온다. 한 번의 이혼 경력이 있는 메이주는 전남편 루와의 사이에서 태어난 딸과 현재의 남편과 행복한 삶을 살고 있다. 그런데 갑자기 딸이 백혈병 판정을 받고 모든 것이 뒤바뀐다. 골수 이식을

167

위해서 백방으로 노력하지만, 모든 것이 실패로 돌아간 뒤 그녀는 전남편 루와 아이를 갖기로 한다. 하지만, 현재 다른 여자와 결혼해서 살고 있는 전남편의 동의를 구하는 것이 쉽지가 않다. 결국, 그의 동의를 구해 인공수정을 시도하지만 그마저도 실패로 돌아간다. 인공수정 시도는 두 번밖에 할 수 없다는 병원 규정 때문에 메이주는 다시 절망하게 되고, 최후의 수단으로 메이주는 전남편과 아이를 갖기 위해 섹스를 하기로 결심한다. 왕샤오슈아이의 장점은 현재를 살아가는 중국인의 보편적 정서를 가장 잘 포착해 낸다는 점이다. 〈좌우〉 역시 그 절정을 보여준다. 이어서 본 허안화의 〈천수위의 낮과 밤〉은 보통의 홍콩사람들의 일상을 차분히 담아낸 수작이다. 80년대에 개발된 홍콩 북서쪽의 천수위는 거대 아파트 타운이 밀집된 지역이다. 이곳에서 살아가는 평범한 홍콩사람들의 모습은 사실 우리네도 별반 다를 바 없다. 가족관계나 직장 문제, 노인의 소외문제 등 현대 도시 사회가 보편적으로 안고 있는 문제를 천수위라는 지역을 배경으로 풀어나가고 있는 것이다.

오후 3시에는 침사추이의 홍콩문화중심 대극장으로 건너가 양야체의 〈오르즈 보이즈〉(대만)를 보았다. 이 작품을 보면서 올해 대만영화가 터닝포인트를 맞겠구나 하는 생각이 들었다. 올해 홍콩국제영화제가 마련한 대만 신세대영화 특별전에서 선보인 작품들, 〈방황하는 꽃〉, 〈9월의 바람-대만편〉, 〈오르즈 보이즈〉, 그리고 지난해 우리 영화제에서 소개된

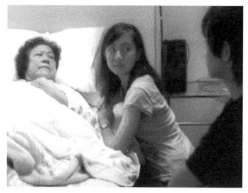

영화 〈천수위의 낮과 밤〉

〈신 인간 개〉, 〈가장 먼 길〉 등을 보면 대중성에 관한 가능성을 읽을 수 있다. 이는 이전의 대만영화에 대한 이미지를 탈피하는 것이다. 〈오르즈 보이즈〉는 초등학생 꼬마 아이들의 성장기를 그린 영화이다. 그렇다고 아동영화라고 볼 수는 없다. 아이들의 세계를 정말 재미있게 풀어나가는 감독의 연출력이 돋보이는 작품이다. 오는 6월에 타이페이를 방문하면 대만영화의 새로운 가능성에 대해 좀 더 분명한 윤곽을 그릴 수 있을 것 같다. 영화를 보고 나오다가 홍콩국제영화제 조직위원장 앨버트 리를 만났다. 오래전에 조직위원장직을 은퇴하였다가 지난해에 전 조직위원장 피터 치의 갑작스러운 퇴임 이후 컴백한 그는 나와는 오랜 지인이다. 그는 갑자기 돌아와 아직도 좀 얼떨떨하다는 소감을 털어놓았다.

저녁 6시에는 중국의 독립영화 가오웬동의 〈미식촌〉을 보았다. 재개발을 앞둔 미식촌이라는 이름의 단지를 배경으

169

로 매춘과 절도 등 중국의 개방의 그늘을 신랄하게 비판하고 있
다. 〈미식촌〉 이후 홍콩의 제작사 골든 씬의 위니 창을 만나 이
번 홍콩국제영화제에 초청된 〈야구 없는 도시〉의 스크리너와
개에 관한 다큐멘터리 〈나의 사랑스러운 인생〉의 스크리너를
받았다.

3월 23일 일요일

오전에 영화제 임시사무실에 들러 비디오 목록을 다시 챙
겼다. 먼저 로렌스 라우의 〈포위된 도시〉(홍콩). 청소년범죄의
실상을 소상히 파헤치고 있는 작품으로 좀 세다. 근친상간에서
마약밀매, 미성년 혼숙에 이르기까지 감독은 조금의 양보도 없
이 치고 나간다. 배우들 대부분을 길거리에서 캐스팅하여 사실
감을 높였다고 한다.

점심은 북경영화학교의 장시엔민 교수와 함께하였다.
주로 제작자로서 활동하고 있지만, 평론가, 배우 등 다방면에 재
능이 있는 영화인이다. 그로부터 현재 진행 중인 신작 소식을 들
었다. 장츠, 티안아이민, 장웨이 등 신인감독의 장편 데뷔작에서
부터 지아장커, 장위안의 근황까지 다양한 소식을 들었다. 특히,
〈여름궁전〉으로 활동을 전면 금지당했던 로우예가 신작을 찍
고 있다는 소식은 놀라웠다. 게다가 마약복용 혐의로 체포된 바
있는 장위엔도 신작을 만들고 있다고 하지 않는가. 리훙치나 컹
준 등 이미 우리 영화제를 통하여 데뷔작이 소개된 바 있는 젊은

감독들의 두 번째 작품도 기대된다. 예정대로라면 6월 말 경에 북경으로 가서 신작 대부분을 체크하게 될 것이다.

오후 3시에는 과학관 극장으로 가서 왕징 감독의 〈교차로〉(중국)를 보았다. 졸업을 앞둔 고교생들의 고민과 갈등을 다룬 작품이다. 다양한 인물들의 이야기를 잘 꿰어맞추고 있어 감독의 역량은 인정할 만하다. 그런데 좀 길다. 아시아디지털영화 경쟁부문에 진출한 작품인데, 수상까지는 좀 어려워 보인다. 저녁 6시에는 실비아 창의 〈런 파파 런〉(홍콩)을 홍콩문화중심에서 보았다. 원래 배우로도 유명한 감독 실비아 창과 주연배우 고천락, 유약영 등 인기배우들이 대거 무대인사에 등장하여 관객들의 열렬한 호응을 받았다. 첫눈에 반한 여인과 결혼하고 예쁜 딸을 얻게 된 갱이 암흑가를 벗어나기 위해 고군분투하는 이야기를 코믹하게 풀어낸 작품이다. 전형적인 홍콩의 상업영화인데, 고만고만하다. 이어 밤 10시 45분에는 홍콩문화중심에서 빈

171

영화 〈런 파파 런〉

센트 추이의 〈애정만세〉(홍콩)를 보았다. 빈센트는 오랜 지기인
데, 저예산 독립영화만을 만들던 감독이다. 그런데 이번에 아이
돌 스타들을 대거 기용하여 청춘영화를 만들었다. 무대인사 때
청소년 관객들의 열기가 장난이 아니다. 그런데 나는 대부분 모
르는 배우들이다. 연상의 여인을 사랑하는 청소년, 커피숍을 같
이 운영하며 아웅다웅하는 커플 등 여러 커플의 사랑 이야기가
펼쳐진다. 하지만, 그다지 인상에 남지는 않는다.

3월 24일 월요일

오늘은 저녁때까지 하루종일 임시사무실에서 비디오를
보는 일정이다. 먼저 닝하오의 〈기적세계〉. 〈크레이지 스톤〉
의 기적과도 성공 이후 30분짜리 단편을 만들었다. 처음부터 끝
까지 경찰과 범죄자의 추적 씬으로 이루어진 작품이다. 여러모
로 〈크레이지 스톤〉의 분위기를 물씬 풍기는 작품이다. 가오춘
슈의 〈올드 피쉬〉(중국)는 도심 내에 설치된 폭탄 제거에 나서
는 폭탄처리반의 베테랑 수사관의 며칠을 다룬 작품이다. 매우
사실적이기는 하나, 오로지 폭탄 제거에만 이야기의 초점을 맞추
는 바람에 극적 갈등의 요소가 배제되어 버렸다. 그래서 좀 실망
스럽다. 올해 신설된 상인 에드워드 양 영탤런트상 수상자인 이
시이 유야의 〈몬스터 모드〉(일본)는 좀 깬다. 이 친구는 삶 자체
가 좀 특이하다고 들었는데, 영화 역시 그러하다. 등장하는 캐릭
터가 모두 개성이 너무 강하다. 이를테면, 가게 일을 도와주는 조

영화 〈몬스터 모드〉

카에게 '너 아직 경험이 없지. 원하면 나하고 자도 좋아'라고 말하는 고모, 아들의 죽음 이후 악마 가면을 쓰고 돌아다니는 주부 등이 등장한다. 캐릭터는 모두 특이하지만, 궁극적으로 그들은 모두 소외된 사람들이다. 하지만, 치기가 너무 지나쳐서 이시이 유야의 작품은 좀 더 두고 봐야 할 것 같다.

중간에 홍콩국제영화제 집행위원장인 리척토, 프로그래머인 제이콥 윙과 이야기를 나누었다. 잘 지내고 있냐고 물어서 다른 건 다 좋은데, 내년에는 임시사무실을 홍콩문화중심으로 다시 옮겨달라고 부탁했다. 그랬더니, 모든 게 아시아영화상 때문이라고 한다. 두 사람은 아시아영화상을 별로 하고픈 마음이 없는 듯하다. 정부에서 돈을 주며 하라고 하니 하긴 하지만, 그 때문에 영화제 자체가 뒷전에 밀려나는 아픔을 겪고 있는 것이다. 다들 능력 있고 좋은 사람들인데... 저녁에는 스페이스 뮤지엄으로 건너가 자오리앙의 다큐멘터리 〈죄와 벌〉(중국)을 보았다.

173

중국과 북한의 접경지역의 조그만 파출소의 일상을 다룬 작품이
다. 주로 파렴치범이나 경범죄를 저지르는 이들을 대하는 공안
의 모습이 적나라하게 그려진다. 용의자를 심하게 구타하는 장
면도 여과 없이 나온다. 중국 내에서는 아마도 비공식적으로 상
영될 것 같다. 이번 영화제에서 중국영화는 모두 3편이 상영취소
되었는데, 어떻게 이 작품이 살아남았는지 모르겠다.

밤 9시에는 이시이 유야의 〈지로의 사랑〉을 봤다. 이미
낮에 〈몬스터 모드〉를 보아둔 터라, 새롭지는 않다. 공장에서
일하는 연상의 여인을 사랑하게 된 고등학생의 이야기를 그리고
있는 작품인데, 감독은 무대인사에서 자신이 아버지에게 버림받
은 자식이라는 이야기로 관객을 웃긴다. 〈지로의 사랑〉 역시
치기 어린 작품이다.

3월 25일 화요일

오늘 역시 하루종일 비디오 룸에서 시간을 보낸다. 신디
윙이 출연하는 여성판 〈춘광사설〉인 〈캔디 레인〉(대만)은 레
즈비언의 4가지의 에피소드를 엮은 옴니버스영화이다. 여성영
화제에 딱이겠다는 생각이 든다. 이어서 본 〈그냥 해 버려〉(대
만) 역시 세 명의 감독이 연출을 맡은 옴니버스영화이다. 다큐와
판타지 등 다양한 장르의 이야기를 묶은 특이한 옴니버스영화이
다. 확실히 올해 대만영화는 주목할 필요가 있을 것 같다. 창취
샨의 〈길 위의 사랑〉(홍콩)은 북경으로 거처를 옮긴 홍콩 커플

이 자신의 삶을 되돌아보는 이야기를 그리고 있다. 레이는 남친인 남과의 동거생활에 뭔가 빠진 듯한 느낌을 늘 받는다. 그러던 중 북경의 바에서 일하는 일본인과 가까워지고 그와 짧은 여행을 떠난다. 저예산영화이며, 여성의 미묘한 심리변화 포착이 뛰어난 작품이다. 그리고 마지막으로 아시아영화는 아니지만 흥미로운 다큐멘터리 한 편을 보았다. 토드 매카시의 〈영화의 남자 : 피에르 루시앙〉(미국)이 바로 그것이다. 피에르는 일반 대중들에게는 생소하지만, 영화제 관계자들에게는 널리 알려진 인물이다. 특히, 칸국제영화제의 숨겨진 어드바이저로서 아시아영화 발굴에 크게 기여한 사람이다. 호금전의 〈협녀〉, 리노 브로카, 허우샤오시엔 등을 칸에 소개한 이가 바로 그이다. 임권택 감독이 칸에 소개될 때도 그의 역할이 컸다. 지금은 파테사에서 일하고 있는 그의 삶을 여러 감독의 인터뷰와 함께 다루고 있는데, 우리 영화제에서 이루어진 인터뷰도 포함되어 있다.

저녁에는 왕가위의 회사인 젯톤의 사장인 재키 팽을 만나

175

창취산 감독의 영화
〈길 위의 사랑〉

식사를 하였다. 2003년 PPP 프로젝트인 〈피안화가〉 촬영에 들
어간다며 도움을 요청한다. 촬영 대부분을 부산에서 할 예정이
란다. 왕가위가 제작을 맡은 영화라 관심이 지대할 것 같다. 또
한, 대만에 있는 젯톤 자회사와 신인감독 작품을 한편 제작 중에
있는데 우리 영화제 뉴 커런츠에서 월드 프리미어로 상영하고 싶
다는 의사를 피력한다. 일단 4월 안으로 스크리너를 받고 난 뒤
다시 이야기를 하기로 하였다. 재키는 왕가위 감독의 근황을 소
개하기도 했다. 현재 그는 〈동사서독〉의 감독판을 재편집 중에
있는데, 올해 칸에서 공개될 예정이라고 한다(물론 늘 그렇듯이 그가
스케줄을 맞춘다는 전제 하에). 〈동사서독〉은 그동안 해외에 수출되
면서 현지 사정에 따라 버전이 조금씩 달라졌고, 심지어 한국 버
전도 있다고 한다.

　　〈와호장룡〉의 인기와 장국영 추모 등등 여러 가지 의미
를 담아 만들어지는 감독판에 대해서는 국내 팬들도 관심을 많
이 가질 것 같다. 재키가 소개한 티안후 지역의 베트남 식당은 맛
이 끝내 준다. 이곳에서 맛있는 베트남 요리와 함께 홍콩의 모든
일정을 마무리한다.

5월 14일 수요일

집에서 떠나 부산-서울-프랑크푸르트-니스-칸까지 총 24시간이 걸려서 도착하여 잠 좀 자려고 하였더니, 아침 6시가 되기도 전에 전양준 선배가 깨어서 아침 식사 준비를 하느라 달그락달그락하는 소리에 잠을 깬다. 어휴, 이제 본격적인 전투 모드로 전환하는 것이다. 오늘 아침은 국내에서 챙겨 온 라면으로 끼니를 때운다. 전 선배는 8시 반에 시작하는 경쟁부문 초청작 기자 시사장으로 먼저 떠나고, 나는 9시에 문을 여는 영화제 센터에 가서 배지를 찾은 다음 9시 30분부터 첫 마켓 상영작을 보기 시작하였다. 사전정보가 없었던 태국영화 〈드림팀〉(레오 키티콘 연출)이었지만, 고만고만하다. 줄다리기 대회에 참가

하는 유치원생들을 지도하는 축구팀 코치의 이야기를 그린 작품이다. 그리고 한창 오픈 준비 중인 마켓 부스들을 돌아보고 영진위 스탭들과 이광모 감독, 그리고 김동호 위원장님과 점심을 먹었다. 이어 일본의 제네온, 도호 쿠신샤를 찾아 신작 소식과 함께 신작 DVD를 여러 편 받아서 챙

177　　영화 〈수류탄을 쥔 소년〉

겄다. 다시 대만 부스로 가서 조인트 엔터테인먼트와 미팅을 한 뒤 3시 반에 기대작 산토시 시반의 〈수류탄을 쥔 소년〉(인도)을 봤다. 지난해 PPP 프로젝트였고, 당대 최고의 촬영감독으로 손꼽히는 산토시 시반의 5번째 연출작인 〈수류탄을 쥔 소년〉은 빚쟁이에게 넘어간 당나귀를 찾으려다가 테러리스트에게 속아 넘어가 그들을 돕는 타한이라는 아이의 이야기를 그리고 있다. 중반 이후 타한이 수류탄을 손에 쥐면서부터 긴장감이 끝없이 이어진다. 역시 기대를 저버리지 않는 작품이다.

저녁 5시 반에는 역시 마켓 상영작인 인도영화 〈바나자〉(라지네쉬 연출)를 보았다. 댄서가 되고픈 소녀가 귀족 집의 하녀로 들어가 주인에게 춤을 배우지만, 주인의 아들에게 겁탈을 당하고 계속 시련을 겪는 이야기를 담고 있다. 얼핏 신파조 이야기인 것 같지만, 담백한 연출 때문에 비교적 괜찮은 수준을 유지하고 있다. 하지만, 작품의 이력을 보니 지난해 토론토영화제 상영작이다. 해서 일단 나의 초청작 리스트에서는 뺀다. 〈수류탄을 쥔 소년〉과 〈바나자〉 모두 인도의 제작사 겸 배급사 아이드림 픽쳐스사 작품이라, 초청 혹은 아웃 논의를 하는 데에는 별 어려움이 없을 듯하다.

저녁 시간. 김 위원장님과 전양준 선배는 개막식장으로 떠나고, 나는 일찌감치 숙소로 돌아와 영화제와 마켓 책자와 데일리를 모두 펼쳐 들고 수백 편에 달하는 영화제/마켓 상영작들을 하나하나 다시 챙겨본다. 국내에서 미리 스케줄을 빼놓기는 했지만, 변동사항을 챙기기 위해서이다. 밤 1시가 넘어서야 전 선배가 돌아왔다. 개막작에 대한 반응이 신통찮다.

5월 15일 목요일

올해 이곳 칸 마켓에서 소개되는 완성작, 후반작업 중인 작품, 프로젝트 등은 모두 합해서 5,500여 편에 이른다. 지난해 의 4,800여 편에 비해 무려 700여 편이나 늘어난 수치이다. 참 가자 숫자만 93개국 1만여 명이다. 부스를 연 회사 및 기관은 총 500여 개이다. 이 중에서 마켓에서의 스크리닝은 모두 1,600회 로, 이 역시 2007년의 900회에 비해 폭발적으로 늘어난 수치이 다. 1,600회에 달하는 스크리닝과 500여 개에 달하는 부스 중 일 단 아시아영화를 걸러내어서 스크리닝에 참가하거나 부스를 방 문하는 것이 나의 임무이다.

오늘 봐야 할 첫 작품은 사토 신스케의 멜로드라마 〈모 래시계〉(일본)이다. 일본의 멜로드라마는 대부분 기본은 한다. 오랜 시간에 걸쳐 한 여자만을 사랑하는 남자의 이야기를 그린 작품으로, 오픈 시네마 부문 초청작으로 가능한지를 살펴보았 지만 기본 이상을 하지는 못한다. 이어 태국의 파이브 스타와 베 트남 미디어, 대만의 쓰리닷츠와 CMC, 일본의 토에이, 유니 저 팬 부스를 방문하여 신작 정보와 스크리너를 챙겼다. CMC는 첸 카이거의 신작 〈매란방〉을 적극 추천하는데, 문제는 올해 우 **179** 리 영화제 때까지 제작이 완료될 수 있겠는가 하는 점이다. 토에이는 사카모토 준지의 〈카멜레온〉, 미이케 다카시의 〈신의 퍼즐〉, 미츠히로 미하라의 〈행복의 향기〉 등 6편을 나에게 소개한다. 그런데 유니재팬에서 만난 지인 히로미 아이하라가 뜻밖의 소식을 전한다. 구로사와 기요시 감독의 부인이 갑자기 병환이 생겨서 〈도쿄 소나타〉가 주목할만한 시선 부문에 초청된 기요시 감독은 칸에 하루나 이틀 정도만 방문할 것이라고 한다. 그리고 기요시 감독 부인의 회복을 기원하는 메시지를 적어달라고 부탁한다. 해서, 정중한 기원문을 적어주었다.

2시에 본 작품은 일본의 코믹스릴러영화 우치다 겐지의 〈애프터 스쿨〉이다. 역시 기본은 하지만, 그다지 눈에 띄는 작품은 아니다. 저녁 6시에는 본 작품은 논지 니미부트르의 대작 〈랑카수카의 여왕〉(태국)이다. 지난 2004년 PPP 프로젝트이니까(당시 제목은 〈파타니의 여왕〉), 4년 만에 완성된 셈이다. 16세기 파타니 왕국의 여왕이 주변 국가들의 침략으로부터 조국을 지켜낸 실제 역사적 사건을 바탕으로 픽션을 가미한 작품으로, CG가 약

영화 〈랑카수카의 여왕〉
(〈파타니의 여왕〉)

간 미흡한 점을 제외하면 상업영화로서는 흥행 가능성이 충분히 있어 보인다. 저녁에 잠깐 만난 논지는 작품이 어땠느냐며 나의 반응을 굉장히 궁금해한다.

저녁 8시에는 미이케 다카시의 신작 〈신의 퍼즐〉이다. 천재 소녀와 남자 대학생이 우주 창조의 비밀을 풀어가는 작품으로, 관객이 따라가기에는 좀 버겁겠다는 느낌이 든다. 감독 자신의 색깔도 뚜렷이 드러나지 않아 다소 실망스럽다.

5월 16일 금요일

아침 10시에 마켓 상영작 압바스 라페이의 〈재탄생〉(이란)으로부터 일과를 시작한다. 폭격을 당한 고향 집의 아내를 찾아 나선 레바논 선원의 이야기를 다른 작품으로 고만고만하다. 이어 이란의 국가영화기관인 파라비 파운데이션의 부스를 찾아 올해 협조사항을 논의하였다. 그런데 애초에 만나기로 한 타샤 코리(마지드 마지디의 사위이기도 한)가 아직 도착을 못하였단다. 이유인즉 비자를 못 받았단다. 올해는 이런 경우가 꽤 여러 건 된다. 비자를 못 받아 아예 칸에 오지 못한 아시아의 일부 국가들 영화인들이 유난히 눈에 띈다. 그리고 이란의 SMI 사와 태국의 GHT 사, 인도네시아 국가부스를 찾아 신작 스크리너를 챙겼다.

오늘도 점심은 건너뛰어야 한다. 12시에 에카차이 우엑롱탐의 〈관〉(태국)을 관람하였다. 전반부의 눈부신 촬영과 특이한 소재는 이목을 끌 만하였으나, 후반부로 갈수록 처진다. 국

영화 〈안개 속의 불빛 〉

내에 이미 수입이 되어 있고, 우리 영화제 전에 개봉할 것으로
보인다. 2시에는 파나바르코다 레자이의 〈안개 속의 불빛〉(이
란)을 보았다. 감독의 데뷔작인데, 매우 인상적이다. 산골 마을
에서 홀아버지를 모시고 사는 노처녀의 일상을 다룬 작품으로
이란의 '다큐멘터리와 실험영화 센터(DEFC)'에서 제작한 영화이
다. DEFC는 우리 영화제와 친밀한 관계를 유지하고 있는 단체
라, 곧바로 DEFC 부스를 찾아가 오랜 친구이기도 한 해외 담당
쉬린 나데리를 만났다. 그리고 그 자리에서 바로 우리 영화제에
서 월드 프리미어로 상영하기로 담판을 지었다. 4시에는 옴니버
스영화 〈도쿄!〉를 보았다. 미셸 공드리나 레오 카락스의 작품
은 유럽적인 상상력이 두드러진 작품이지만, 봉준호 감독의 작
품은 일본인의 시각과 감성에 훨씬 가까워 보인다. 이어 6시에
는 아린담 난디의 〈비아 다질링〉(인도)을 보았다. 벵갈의 전통
풍습인 '아다'를 소재로 한 작품으로 그냥 소박한 작품이다. 저녁
도 건너뛰고 8시 반에 사카모토 준지의 기대작 〈카멜레온〉을

보았다. 사카모토 준지의 영화 중에는 가장 대중적인 코드를 지닌 스릴러영화인데, 좀 실망스럽다.

〈카멜레온〉 상영이 끝난 후, '파인 컷' 파티장을 찾았다. '시네클릭 아시아'의 서영주 이사가 새로 만든 회사의 론칭 파티라 축하 겸해서 참가하였다. 주린 배도 좀 채우고, 게스트들과 인사를 나누는데, 칸국제영화제의 프로그래머인 크리스티앙 전도 와 있다. '파인 컷'의 출발이 순조로운 것 같다. 오늘 하루는 '파인 컷' 파티를 마지막으로 마무리한다.

5월 17일 토요일

아침 9시 15분. 인도네시아영화 〈사랑의 시〉(하눙 브라만티요 연출)를 보았다. 이집트에서 올 로케이션한 멜로드라마인데, 퀄리티와는 별도로 좀 흥미롭다. 이집트로 유학 간 인도네시아 청년이 두 여자와 함께 살게 되는 이야기를 그린 작품으로, 이슬람의 도덕관을 바탕으로 하고 있다. 해서, 우리 관객들이 납득하기는 좀 힘들겠지만, 멜로드라마조차도 종교와 관습에 따라 얼마나 다양한 이야기가 나올 수 있는지 확인할 수 있었다. 12시에는 폭격 피해를 입은 평범한 시민들의 이야기를 그린 레바논 영화 〈땅에서 떨어지다〉를 보고, 1시 반에 늦은 점심을 하였다. 말레이시아의 미디어 그룹 아스트로의 해외 구매 담당 이사인 텅 리옌과 말레이시아의 제작사 KRU의 대표, 베트남 미디어 빅 행 부사장, 대만의 제작자 장산링 등과 베트남 식당에서 점심을 하

183

면서, 올해 특별전과 관련된 협조를 구했다. 모두 반응이 좋다.

오후 4시에는 대만영화 〈주차〉를 보았다. 친한 친구인 노먼 왕이 진작에 귀띔해주었던 영화인데, 감독 청몽홍의 데뷔작이다. 청몽홍은 CF 감독 출신으로, 이번 작품을 거의 자비를 들여 만들었다고 한다. 길가에 주차를 한 뒤 나갈 길을 막고 있는 다른 차들 때문에 생겨나는 여러 가지 해프닝을 그리고 있는 작품으로, 감독의 뛰어난 재능이 엿보인다. 오랜만에 대만에서 괜찮은 신인감독이 나온 것 같다. 5시 반에는 일본영화 〈숨은 요새의 세 악인〉(히구치 신지 연출)을 보았다. 구로사와 아키라의 동명 작품을 50년 만에 리메이크하였고, 〈스타워즈〉 시리즈의 원형이라고 알려져 있는 작품이라 기대가 컸는데, 평범한 오락물에 그치고 말았다.

저녁을 먹으려고 하니, 가는 식당마다 자리가 없어 아예 아파트로 돌아와 라면 하나를 끓여 먹고 다시 극장으로 달려간다. 저녁 8시에 마츠바라 신고의 〈생선의 맛〉(일본)을 보았다.

영화 〈도쿄 소나타〉

직장을 관두고 도쿄 긴자의 츠키지 생선시장에서 자리를 잡는 남자의 이야기를 담은 작품으로, 시간 때우기에 좋은 작품이다. 그리고 밤 10시에 오랜만에 공식 상영관인 드뷔시 극장으로 가서 구로사와 기요시의 〈도쿄 소나타〉를 보았다. 직장을 잃은 가장을 중심으로 한 일가족의 삶을 그린 작품이다. 초반부에는 에드워드 양의 〈하나 그리고 둘〉을 떠올릴 만큼 가족들의 이야기가 밀도 있게 진행되다가 후반부로 가서는 블랙코미디로 전환된다. 초반부의 기조를 그대로 유지했더라면 하는 아쉬움은 있지만, 역시 구로사와 기요시라는 이름값은 한다. 관객들의 반응도 괜찮은 편이다. 오늘은 모처럼 이른 시간인 자정에 일과를 마친다.

5월 18일 일요일

오늘은 아침부터 일본회사들 부스를 방문하였다. 먼저, 쇼치쿠. 사카모토 준지의 〈어둠 속의 아이들〉, 다키다 요지로의 〈작별〉, 후미히코 소리의 〈이치〉, 오이가와 아타루의 〈여름의 비명〉 등 신작 DVD를 챙기고 니카츠사를 방문하여 앞으로 나올 신작에 대해 논의를 하였다. 11시 반에는 코스로 마수미의 〈초원에 부는 바람〉(이란)을 관람하였다. 공권력이 미치지 못하는 산간마을에서 벌어지는 여인잔혹사이다. 마을의 권력자가 가난한 집 처녀를 마음대로 친척 집 지적장애인에게 시집보내려는 이야기를 그리고 있다. 영화 상영 내내 관람자의 분노를 촉발시키는 그런 영화이다. 1시에는 두바이영화제 파티

185

에 잠깐 얼굴을 내밀고(올해 두
바이영화제와 우리 영화제는 상호
교환프로그램을 운영할 예정이다),
2시에는 태국의 공포영화 용
웡 통큰톤 외 3인 연출의 〈포
비아〉를 보았다. 중간에 박도
신 프로그래머도 들어와서 같
이 본다. 요즘 태국의 공포영
화가 워낙 잘 나가는 데다가,
4명의 감독 모두가 쟁쟁한 감

| 영화 〈포비아〉

독들이라 기대가 컸다. 4편 모두 수준급의 공포영화인데, 역시
용웡 통큰톤의 작품이 가장 뛰어나다. 그런데 박도신 프로그래
머가 눈독을 들인다. 하긴, 이 작품은 '미드나잇 패션' 부문에 잘
어울릴 것 같다.

오후 4시에는 중국의 제작자 샨동빙을 만났다. 최근에 독
립을 해서 새로운 회사를 만들었는데, 그사이에 신작 하나를 진
행 중이다. 장위엔의 〈다다의 비밀〉이 그것으로, 6월에 베이징
으로 가서 작품을 보기로 하였다. 장위엔은 일전에 마약복용 혐
의로 체포되었다는 소식을 들었었는데, 지금은 괜찮은 모양이
다. 이어서 비터스 엔드의 사다이 유지 대표와 미팅을 하였다. 가
장 주목하고 있는 하시구치 료스케의 〈우리 주위의 모든 것〉에
관한 소식을 들었다. 일본 내에서는 올해 일본영화 중 최고라는

평가를 주변에서 듣고 있는데, 이번 칸에 초청을 받지 못해서 다들 의아해했던 작품이다. 사다이 유지는 DVD를 빠른 시간 내에 보내주겠다는 약속을 하였다. 그리고 야마시다 노부히로의 신작을 한국에서 찍겠다는 계획도 이야기하였다. 해서, 일단 PPP에 내보라는 권유를 하고 부산을 촬영지로 적극 추천하였다. 계속해서 NTV 부스를 방문하여 신작 정보를 얻었다. 〈20세기 소년 독본〉은 이미 한국회사에 팔렸고, 오시이 마모루의 〈스카이 크롤러스〉는 베니스영화제에 출품을 한 상태라고 한다. 어찌 되었건 〈스카이 크롤러스〉는 계속 주목해야 할 영화이다. 이 밖에 5편의 신작 DVD를 챙겼다.

6시에 본 마두수다난 KM의 〈망원경〉(인도)은 로드무비로 평범하다. 오랜만에 느긋한 저녁을 먹고 10시에는 145분짜리 〈클라이머즈 하이〉(일본)를 보았다. 하라다 마사토가 연출한 이 작품은 1985년 일본항공 여객기 추락사건을 보도하는 지방 신문사의 고군분투를 그리고 있다. 하라다 마사토의 묵직한 연출이 매우 인상적이다.

5월 19일 월요일

아침 10시에 드디어 브리얀테 멘도사의 〈서비스〉(필리핀)를 보았다. 경쟁부문 초청작이긴 한데, 비평가들의 호불호가 너무나 극명하게 엇갈리는 작품이라 관심이 많이 갔던 작품이다. 더군다나 지난해 우리 영화제 아시아영화펀드 시나리오개

발 지원작이기도 해서 더 궁금했다. 포르노영화 전용극장을 무 **188**
대로, 극장을 운영하는 가족들, 직원들, 극장 안에서 매춘을 하는
남창들 등 각종 다양한 군상들의 이야기가 펼쳐지는데, 카메라
는 이전 작품들처럼 여전히 핸드헬드 카메라로 사실감을 높이고
있다. 또한, 영화 내내 들려오는 길가의 자동차 소리는 귀를 얼얼
하게 한다. 멘도사는 본인만의 사실적 스타일을 꾸준히 만들어
나가고 있는 셈인데, 사실 관객을 불편하게 하는 장면들이 많기
는 하다. 이 때문에 이 작품에 불평을 표하는 평론가들도 꽤 있
었을 것으로 보인다. 그나저나 우리 영화제에서 상영하기는 해
야 하는데, 관객들이 쇼크를 받거나 많이들 불편해할 것 같아서
걱정이기는 하다.

　　12시에는 알리레자 아미니의 〈알라에게 보내는 기원〉
(이란)을 보았다. 과거 잘못을 저지른 뒤, 오랜 세월이 흐른 뒤 용
서를 구하기 위해 아내를 찾아가는 한 노인의 이야기를 그린 작

　영화 〈알라에게 보내는 기원〉

품으로 비교적 울림이 큰 영화이다. 점심을 거르고 이어서 본 영화는 서우드 후의 〈히말라야의 왕자〉(중국/티베트)였다. 제목으로 봐서는 촌스러운 영화일 것 같았는데, 뜻밖의 수작이다. '햄릿'의 티베트판 버전인데, 감독은 원작에 좀 더 많은 이야기를 이어붙였다. 장중한 티베트의 산하와 더불어 영상이 눈부신 작품이다. 그런데 지난해 이미 여러 영화제에서 소개된 작품이다. 이럴 때는 반성을 좀 하게 된다. '이런 작품을 왜 놓쳤지...?'

4시에는 프레데릭 르빠쥬의 〈써니와 코끼리〉(프랑스)를 보았다. 프랑스 영화이지만, 태국을 배경으로 한 영화여서 보았지만, 실망스럽다. 코끼리 조련사로 성장하는 소년의 이야기를 그린 작품으로, 영어로 대사를 하는 태국 배우들의 연기가 영어색해서 몰입이 힘들다. 저녁 6시에는 하지메 하시모토의 시대극 〈차차〉(일본)를 보았다. 일본의 전국시대에 당대 실력자들의 처가 되어 세도를 누렸던 자매들의 이야기를 담고 있는데, 별 감흥이 없다. 8시 반에는 카자흐스탄영화 잔나 이사바예바의 〈카로이〉를 보았다. 영화는 아잣이라는 망나니의 일상으로부터 시작된다. 그런데 영화가 후반부로 가면 아잣의 인간적인 면모가 드러난다. 지난해 베니스영화제 초청작인데, 볼만한 가치는 있는 작품이다.

〈카로이〉 상영이 끝난 뒤 밤 10시에 시작된 '한국영화의 밤' 파티에 참석하였다. 영진위와 우리 영화제가 공동주최하
189 는 이 파티에는 600명이 넘는 게스트가 몰려와 성황을 이루었다.

브리얀테 멘도사는 빡빡한 일정 때문에 피곤한데도 우리 영화제
에 일부러 고마움을 표하기 위해 배우들과 함께 왔노라고 했다.
이밖에 빔 벤더스, 지아장커, 유릭와이 등 거물급 영화인들이 대
거 참석하였다. 최근 한국영화의 위기가 많이 언급되고 있지만,
이곳 칸에서 한국영화에 대한 관심은 여전하다.

[부산국제영화제 칼럼 : 초청작 찾아 삼만리]

알마티국제영화제 카달로그 표지

5월 24일 토요일

칸에서 귀국한 지 하루 만에 다시 비행기에 올라 6시간 반의 비행 끝에 알마티에 도착하여 하룻밤을 보냈다. 이번 출장에는 임지윤 아시안필름마켓 실장이 동행하였다. 이곳에 온 이유는 알마티국제영화제에 참가하기 위해서였다. 알마티국제영화제는 올해로 5회째로, 중앙아시아의 독립영화를 주로 소개하는 영화제이다. 나로서는 중앙아시아의 신작과 영화인들을 만날 수 있는 좋은 기회인 것이다. 어젯밤 영어 통역을 맡은 굴미라(영어를 전공하는 대학 3학년생으로, 국내의 모 탤런트를 빼닮았다)가 오늘 스케줄을 설명해 주었었는데, 갈등을 좀 했다. 게스트 모두에게 알마티시 외곽에 있는 '침불락'이라는 산악리조트 투어를 시켜준다는 것이었다. 일단 아침에 상황을 보기로 했는데, 게스트는 약 15명 내외이다. 대부분이 중앙아시아에서 온 게스트들이라 일단 투어에 참가하기로 했다. 그들과 안면을 트는 것이 중요했기 때문이다. 침불락은 환상적이었다. 수려한 산세에다가 리프트를 타고 산을 둘러보는 재미 또한 일품이었다. 게다가 도심

191

은 초여름 날씨인데, 침불락에서는 점퍼를 입어야 할 만큼 추워
서 이채로웠다. 공기 또한 너무 깨끗해서 좋았고, 하늘의 색깔이
국내의 그것과는 차원이 다를 정도로 투명하고 맑았다. 투어 도
중에 많은 게스트와 인사를 나누어서 좋기는 했지만, 오후 늦게
투어를 마치는 일정이어서 당황스러웠다. 그 시간에 극장에서는
영화제 초청작들이 상영되고 있었기 때문이다. 이런 상황은 규
모가 작은 영화제에서 종종 벌어지는 일이다.. 게스트 숫자가 적
기 때문에 이런 식의 투어가 가능한 것이다.

극장에 도착한 것이 4시경. 일단 두 편의 카자흐스탄 영
화를 보기로 하였다. 극장은 실크웨이 시티라고 하는 쇼핑몰 안
에 있는 멀티플렉스인데, 규모는 작지만 아담하고 깨끗하다. 문
제는 자막이었다. 대부분의 영화에 자막이 없는 것이다. 그 이유
는 이러하다. 중앙아시아 국가들은 서로 언어가 비슷하고 또한,
러시아를 다 쓰고 있기 때문에 굳이 자막을 넣을 필요를 느끼지
못하는 것이다. 하지만, 나 같은 비 중앙아시아권 게스트들은 난
감하기 이를 데 없다. 해서 카탈로그에 나와 있는 간략한 줄거리
를 숙지하고 영화를 보는 수밖에 없다. 아캄 사타예브의 〈공갈
꾼〉은 알마티의 암흑가를 그린 작품이다. 그런데 관객들의 반응
이 재미있다. 한국의 암흑가 영화에 비하면 얌전하기 그지없는
데도 잔인하다는 반응을 보인다. 울라르 아크메자노브의 〈X-포
톤〉은 평범한 단편이다.

저녁은 영화제 공식 레스토랑에서 모든 게스트가 한자

리에 모여 함께 하였다. 음식은 훌륭했다. 식사 중간에 독일의 중앙아시아영화 전문가인 한스 요하킴 슈레겔 박사와 많은 이야기를 나누었다. 그리고 카자흐스탄의 중요 제작사인 키노 컴퍼니의 대표 사인 갑둘린 씨가 나를 만나러 레스토랑으로 왔다. 그는 키르키스스탄의 대표적인 감독 마랏 사룰루와 함께 오랫동안 작업을 함께 해 온 제작자로, 최근에 촬영을 끝낸 마랏 사룰루의 〈남쪽 바다의 노래〉와 그루지아 감독 게오르그 오바쉬빌리의 신작 〈둑 너머〉를 소개하기 위해 나를 찾은 것이었다. 마랏 사룰루의 〈남쪽 바다의 노래〉는 2005년도 PPP 프로젝트로, 3년 만에 완성되는 작품이다. 일단, 내일 저녁에 키노 컴퍼니를 방문하여 두 편 모두를 보기로 하였다. 저녁 8시에 시작된 저녁 식사는 자정이 넘어서야 끝났다.

5월 25일 일요일

오늘도 게스트들 투어를 시켜준다는데, 일단 빠지기로 하였다. 4박 5일 일정인데, 이런 식으로 투어를 다니면 도대체 영화는 언제 본다는 말인가. 영어 통역을 해주는 굴미라에게 좀 미안하기는 하다. 다른 게스트 수행 통역과는 달리 아침 일찍부터 밤늦게까지 나를 따라다녀야 하기 때문이다.

날씨가 너무 화창하여 호텔에서 극장까지 걸어가기로 하였다. 일요일이라 차도 별로 없는 데다가 거리 곳곳의 나무가 너무 울창하여 기분이 상쾌하다. 도심 한복판에서 이런 느낌을

193

받을 줄이야. 11시에 우즈베키스탄 과 카자흐스탄 합작인 부크론 샤라 포브의 〈운명의 자락〉을 보았다. 평범한 멜로드라마인데도 관객들은 즐겁게 본다. 이어 1시 반에 다니아 르 살라맛의 〈아빠와 함께〉를 보 려고 하였으나, 상영취소가 되었단 다. 이런. 살라맛의 2005년 작 〈조 쉐〉가 매우 인상적인 작품이었기 에 그의 신작에 대한 기대가 컸었는

┃ 영화 〈아빠와 함께〉

데…(그 아쉬움은 다음 날 달랠 수 있었다). 그래서 대신 아프가니스탄 관련 다큐멘터리 모음집을 보았다. 독일에서 저널리스트로 활 동하며 아프가니스탄영화제를 운영하고 있는 호메이라 헤이다 리가 열심히 작품해설을 해주었다.

저녁 7시. 극장으로 사인 갑둘린 씨가 차를 가지고 마중 을 나왔다. 그와 함께 간 곳은 그의 회사 키노 컴퍼니가 있는 카 자흐 필름스튜디오였다. 카자흐 필름스튜디오는 구소련 시절 모 스크바 다음으로 영화제작이 많았던 유서 깊은 스튜디오이다. 이 스튜디오 내에 있는 그의 사무실에서 마랏 사룰루의 〈남쪽 바다의 노래〉를 먼저 보았다. 자기와 아내의 피부 색깔과 다른 아이가 태어나자 이를 고민하는 한 남자와 주변 사람들의 이야 기를 그리고 있는 작품으로 유머와 페이소스가 함께 들어있는 수

작이다. 제작자 사인에 따르면, 아직 후반작업이 진행 중이라고 한다. 초청 안 할 이유가 전혀 없는 작품이다. 그리고 또 한편 그루지아의 감독 게오르그 오바쉬빌리의 〈둑 너머〉는 DVD를 받기로 하였다. 사인 갑둘린을 보면 왜 카자흐스탄이 중앙아시아 영화의 중심인지를 알 수 있다. 카자흐스탄인 사인이 키르키스스탄, 그루지아 감독의 영화를 제작하고 있는 것이다. 또한, 그는 한국의 주요 제작자 명단도 갖고 있었다. 그리고 차기작과 관련하여 한국의 제작자와 합작을 원한다고도 하였다. 그런데 국내에 중앙아시아와 합작을 하겠다는 생각을 가진 제작자가 있을지 모르겠다.

키노 컴퍼니를 다녀온 뒤 저녁 식사는 다시 게스트들과 함께하였다. 이번에는 전통 카자흐스탄 요리가 나오는 레스토랑이었다. 삶은 고기와 얇은 밀가루전병을 함께 내 오는 베쉬파르막과 진한 국물이 일품인 소르파, 말고기를 익힌 카지 등 모두가 맛있었다. 그리고 알마티국제영화제의 집행위원장인 베네라 니그마툴리나와 인사를 나누었다. 그녀는 카자흐스탄의 유명한 배우이기도 한데, 남편과 딸도 배우인 배우 가족이다. 쾌활한 성격의 그녀는 지난해에도 나를 초청하려고 했는데 올해야 만난다고 반가워했다. 저간의 사정을 알아보니 다레잔 오미르바예프 감독에게서 나의 이메일 주소를 받아 초청장을 보냈다고 했는데, 다레잔 감독이 잘못된 주소를 알려준 것이었다. 오늘도 저녁 식사는 자정이 넘어서야 끝난다. 통역을 맡은 굴미라는 중간에 졸고

195

있다. 미안하기도 하고, 안쓰럽기도 하다.

5월 26일 월요일

    아침에 유라시아국제영화제의 굴나라 아비키예바가 연락을 해왔다. 두 편의 카자흐스탄영화 신작 상영을 준비해 두었다는 것이다. 어제 상영이 취소된 다니아르 살라맛의 〈아빠와 함께〉와 사빗 쿠르만베코프의 〈소동〉이었다. 다니아르 살라맛은 직접 차를 몰고 호텔로까지 나를 픽업하러 와주었다. 시사회가 열린 곳은 어제 갔던 카자흐 필름스튜디오. 그런데 두 편 다 괜찮다. 〈아빠와 함께〉는 아들과 함께 사는 가난한 교사의 이야기를 그린 작품으로, 소박하지만 따뜻한 정감이 넘쳐흐른다. 〈소동〉은 조그만 시골 마을에서 사서가 임신으로 휴직하는 바람에 졸지에 도서관 사서가 된 시골노인의 이야기를 그리고 있다. 유머가 넘치는 작품으로 욕심이 난다. 해서, 이 작품들의 해

| 영화 〈소동〉

외업무를 담당하고 있는 카자흐 필름스튜디오의 남 스베다(그녀는 고려인이다)와 이야기를 나누었다. 그런데 그녀는 해외업무를 맡은 지 얼마 되지 않아 아직 깊은 이야기를 나누기가 힘들다. 하지만, 일단 초청 의사는 밝혀 두었다.

저녁에는 예르멕 쉬나르바예프 감독과 제작자 굴나라 사르세노바를 만나 식사를 하였다. 예르멕은 우리 영화제에 여러 번 다녀간 PIFF 광팬이며, 80, 90년대 카자흐스탄영화의 뉴웨이브를 이끌었던 뛰어난 감독이다. 그의 작품은 〈삼각수의 땅〉과 〈복수〉가 특별전을 통해 우리 영화제에서 소개된 바 있다. 그런데 지난 15년간 예르멕은 영화를 만들지 못했다. 그에 따르면 늘 함께 작업을 해왔던 아나톨리 김(고려인이며 카자흐스탄의 대표적인 소설가)과 같은 능력 있는 시나리오작가를 만나지 못해서였다는 것이다. 그런 그가 이번에 신작을 만들고 있으며, 독일에서 후반작업을 진행 중이라고 하였다. 반가운 소식이 아닐 수 없다. 굴나라 사르세노바는 한마디로 여걸이다. 아시아 전체를 통틀어서도 가장 국제적인 마인드를 가진 제작자로, 세르게이 보드로프의 〈몽골〉(아사노 타다노부 주연)을 러시아, 카자흐스탄, 독일, 일본 합작으로 제작하였고, 올해 칸국제영화제 주목할만한 시선 작품상을 받은 세르게이 드보르체보이의 〈튤판〉을 러시아, 독일, 스위스 합작으로 만든 장본인이다. 예르멕을 다시 복귀시킨 것도 그녀이다. 그녀는 현재 예르멕의 신작 외에 베르트랑 따베르니에, 벤 홉킨스의 신작 등을 기획, 진행 중에 있다. 따베르니에의 신작은 미국, 프랑스, 카자흐스탄 합작의 대규모 프로젝트이다.
그녀 역시 예르멕만큼이나 PIFF 광팬인데, 지난해에는 예르멕과
함께 나에게 알리지도 않고 영화제 후반부에 다녀갔다고 한다.
예르멕과 굴나라는 부산영화제를 돕는 일이라면 뭐든지 하겠다
며 극진한 애정을 표한다. 정말 고맙기 이를 데 없다. 두 사람 다
중앙아시아를 관통하는 강력한 네트워크를 가지고 있는 터라 그
부문의 도움을 계속 받기로 하였다.

5월 27일 화요일

오전에 신생영화사 달랑가르 프로덕션을 찾아 창립 작품
인 루스템 압드라쉐프의 〈스탈린에게 보내는 선물〉을 보았다.
스탈린 시절, 할아버지와 함께 카자흐스탄으로 강제이주당한 뒤
스탈린에게 선물을 보내면 엄마 아빠가 돌아올 것이라는 희망을
갖는 유태계 소년의 이야기를 그린 작품으로, 매우 감동적인 작
품이다. 이번 작품은 러시아, 폴란드, 이스라엘 등이 참여한 합
작으로, 특히 크지쉬토프 자누쉬가 대표로 있는 '토르'사가 공동
제작에 참여하기도 하였다. 당연히 초청 감인데, 러시아의 니콜
라 필름이 해외 세일즈 및 영화제 일을 맡고 있어 그쪽과 다시 연
락을 해야 한단다. 물론 달랑가르 프로덕션은 우리 영화제 참가
를 원하고 있다.

그리고 이곳에서 제작자인 알리야 우발자노바로부터 기
쁜 소식을 들었다. 〈양자〉 등 대부분의 작품이 우리 영화제를

영화 〈스탈린에게 보내는 선물〉 **▌**

통해 소개된 악탄 압티칼리코프 감독의 신작이 진행 중이라는 것이다. 게다가 시나리오는 모흐센 마흐말바프가 썼다고 한다. 정말 환상의 조합이 아닐 수 없다(카자흐스탄에서 돌아온 뒤 마흐말바프에게 이메일을 보내 상세한 내용을 전달받았다).

호텔로 다시 돌아와 다레잔 오미르바예프 감독을 만났다. 우리 영화제와의 인연이 매우 깊은 감독이다. AFA(아시아 영화아카데미) 지도교사도 했고, 많은 그의 작품들이 우리 영화제에서 소개된 바 있다. 최근 근황을 물으니 신작 하나를 준비하고 있다고 한다. 해서 계속 연락을 주고받기로 하였다. 다레잔과의 만남 이후 시간이 남아 재래시장을 찾아 기념품을 좀 사기로 하였다. 이곳에서는 낙타가 행운을 상징하는 동물이라는데, 낙타 인형이 많이 눈에 띈다. 그동안 아시아 출장을 다니면서 아시아 각 지역의 전통인형을 모아 왔었는데, 이제 카자흐스탄 전통인형도 추가되었다.

저녁 7시에는 폐막식이 있었다. 하지만, 비행기 출발 시간이 11시라, 폐막식 중간에 빠져나와 공항으로 갔다. 영화제 측에서는 사무국장까지 나와서 인사를 한다. 공항에서는 그동안

199

통역을 맡아 고생하였던 굴미라가 임지윤 실장 손을 잡고 눈물
짓는다. 확실히 카자흐스탄 사람들은 정이 많은 것 같다. 앞으로
도 매년 알마티를 찾게 될 것 같다.

지난 5월에는 칸과 알마티 출장을 다녀왔습니다. 칸국제
영화제에 관한 소식은 워낙 언론에 많이 보도된 터라, 간략하게
만 소개하고 넘어가겠습니다. 저는 주로 마켓을 다녔는데요, 부
스 비용도 그렇거니와, 호텔 값도 워낙 비싸져서 참가 회사들의
고민이 꽤 크겠다는 생각이 들더군요. 그래서 영화산업의 규모
가 그다지 크지 않은 국가들의 경우 개인 회사들은 부스를 낼 엄
두를 내지 못하고 대신 국가기관들(우리로 치면 영화진흥위원회와 같
은 곳)이 부스를 내서 자국의 영화를 홍보, 또는 세일즈하는 경우
가 많았습니다. 저는 전양준 부집행위원장, 박도신 프로그래머
와 함께 아파트를 빌려 기간 내내 지냈고요, 칸국제영화제에서
사흘간 제공하는 호텔에 묵으시던 김동호 위원장님은 이후 저희
와 합류하셨습니다. 매일 아침은 아파트에서 직접 해먹고, 빨래
도 직접 해결하였습니다. 그게 싸게 먹히니까요.

어쨌거나, 저는 열심히 영화도 보고 미팅도 열심히 하고
해서 원하는 작품은 거의 처리했습니다. 제가 미처 몰랐던 새로
운 작품이 그다지 많지 않아서 좀 아쉬웠지만, 이제 곧 카자흐스
탄, 중국, 대만, 필리핀, 태국, 일본으로 출장을 갈 예정이기 때문
에 미팅을 더 열심히 하였습니다.

지난 5월 22일 귀국하여 집에서 하루를 묵은 뒤, 이튿날
201 카자흐스탄 알마티로 향하였습니다. 알마티에서는 올해로 5회

를 맞는 알마티국제영화제가 5월 23일부터 27일까지 열렸습니
다. 주로 중앙아시아의 독립영화를 소개하는 영화제인데요, 아
직 여러 가지로 미흡한 점이 많은 영화제입니다. 먼저 자막 문제
를 들 수 있습니다. 대부분의 영화가 영어자막이 없는 채로 상영
되는데요, 거기에는 그럴만한 이유가 있습니다. 중앙아시아 국
가들은 대개 언어가 비슷해서 의사소통이 그다지 어렵지 않은 편
입니다. 러시아어도 많이 쓰고 있고요. 게다가 비 중앙아시아권
게스트는 10여 명 내외에 불과합니다. 그래서 굳이 영어 자막을
넣지 않는 것이지요. 하지만, 저 같은 사람에게는 영 불편하기 짝
이 없습니다. 극장은 '실크웨이 시티'라고 하는 쇼핑몰에 있는 멀
티플렉스를 메인관으로 사용하였는데요, 극장 시설은 작지만 깨
끗한 편이었습니다. 제가 알마티를 좋아하는 이유 중의 하나가
도시 전체가 숲이 우거지고, 깨끗하다는 점입니다.

저에게 있어 카자흐스탄이 중요한 이유를 말씀드리죠.
모든 중앙아시아영화의 중심이 되는 곳이 바로 카자흐스탄이기
때문입니다. 키르키스스탄, 투르크메니스탄, 타지키스탄, 우즈
베키스탄 등은 아직 독자적으로 영화산업을 운영할만한 능력이
없습니다. 카자흐스탄은 잘 아시다시피 최근 경제가 급성장하
고 있고, 매년 9월에 열리는 유라시아영화제와 중앙아시아 전체
를 아우르는 제작자들이 건재한 곳입니다. 문제는 알마티국제영
화제가 아직 국제영화제의 모습을 제대로 갖추지 못하고 있다는
점인데요, 이를테면 개막 다음 날, 영화제 측은 모든 게스트들을

'침불락'이라는 알마티의 유명한 산악관광지(2011년 동계아시안게임 개최지)로 데려가서 한나절을 다 보냈습니다. 정작 그 시간에 극장에서는 초청작이 상영되고 있었는데도 말이지요. 저는 첫날이기도 하고, 게스트들과 인사를 나누려는 목적으로 산악관광에 참가하기는 했지만, 거의 한나절을 다 소비하리라고는 미처 생각을 못 했습니다. 그래서 다음 날에도 있었던 게스트 관광은 빠지기로 했죠. 그런데 침불락이라는 산이 정말 좋기는 좋더군요. 도심은 한여름인데, 그곳에서는 점퍼를 입어야 할 만큼 추웠고, 산세가 정말 웅장하고 아름다웠습니다. 오랜만에 호사를 누려본 것이지요.

다시 영화제 이야기로 돌아가죠. 프로그램도 썩 만족스러운 편은 아니었습니다. 알마티국제영화제의 취지는 훌륭하나, 다른 큰 영화제 참가를 원하는 제작사들이 이 조그마한 영화제에 그다지 눈길을 주지 않고 있기 때문입니다. 저는 그래도 좋았습니다. 일단, 많은 중앙아시아 영화인들을 만날 수 있었고요, 영화제 기간 내내 카자흐스탄의 영화인들을 만나 아직 미완성인 신작들의 러프컷을 두루 볼 수 있었기 때문입니다. 구소련 시절에 모스크바 다음으로 많은 영화를 제작하였던 카자흐 필름스튜디오에 가서는 사빗 쿠르만베코프의 〈소동〉과 다니아르 살라맛의 〈아빠와 함께〉라는 두 편의 신작을 (자막 없이) 보았습니다. 두 편 다 훌륭한 작품이었습니다. 카즈흐 필름스튜디오의 해외담당 직원은 남 스베다 라는 이름의 고려인이었는데, 안타깝게

203

도 영어는 물론 한국어도 하지 못했습니다. 그래서 저와 동행한 영어 통역이 중간에서 통역을 해주어야만 했습니다. 카자흐스탄에는 국제적으로 활동하는 중요한 제작자들이 꽤 있습니다. 키노영화사의 사인 갑둘린과 유라시아필름프로덕션의 굴나라 사르세노바가 바로 그들입니다(유라시아영화제의 집행위원장 굴나라 아비키예바와는 다른 인물). 말하자면 이들이야말로 카자흐스탄영화의 핵심 인물인 셈입니다. 사인은 키르키스스탄의 마랏 사룰루와 주로 작업을 해 온 유능한 제작자로 이번에 저에게 마랏 사룰루의 신작 〈남쪽 바다의 노래〉를 보여주었습니다. 이 작품은 2005년도에 〈가족〉이라는 제목으로 PPP에 초청되었던 프로젝트로, 올해 중앙아시아에서 나온 가장 뛰어난 작품이라는 평가를 하고 싶습니다. 사인 역시 저희 부산영화제에서 이 작품을 초청해 주기를 간절히 바라고 있어서 초청에는 아무런 문제가 없을 것 같습니다. 굴나라는 세르게이 보드로프의 〈몽골〉, 올해 칸국제영화제 주목할만한 시선 부문 작품상 수상작인 세르게이 드보르체보이의 〈툴판〉을 제작한 걸출한 제작자입니다. 그녀는 현재 예르멕 쉬나르바예프의 신작을 제작 중이기도 합니다. 지난 5월 26일, 그녀와 예르멕 감독을 함께 만났습니다. 두 사람은 지난해 저희 영화제에 저에게 알리지도 않고 영화제 후반부에 살짝 다녀갈 정도로 열렬한 PIFF 지지자이기도 합니다. 해서 두 사람과 향후 협조 관계에 대해 진지한 논의를 하였습니다. 중앙아시아 전체를 아우르는 가장 강력한 네트워크를 지닌 굴나라와 예르멕 감독을 든든한 우리의 우군으로 확실하게 만든 것입니다. 그리고 다레잔 오미르바예프 감독도 만나는 등 카자흐스탄의 주요 감독들도 두루 만나고 왔습니다.

그리고 마지막 날. 저는 신생회사인 달랑가르 프로덕션을 찾아 창립 작품인 루스템 압드라쉐프의 〈스탈린에게 보내는 선물〉을 보았습니다. 스탈린 시절, 할아버지와 함께 카자흐스탄으로 강제 이주당한 뒤 스탈린에게 선물을 보내면 엄마 아빠가 돌아올 것이라는 희망을 갖는 유태계 소년의 이야기를 그린 작품으로, 매우 감동적인 작품입니다. 루스템은 여러분들께 생소한 이름일 것 같습니다. 이제 겨우 세 번째 작품을 만든 젊은 감독으로 지난해 발표한 〈잡동사니〉로 제가 눈여겨보아 두었던 감독입니다. 이번 작품은 러시아, 폴란드, 이스라엘 등이 참여한 합작으로, 특히 크지쉬토프 자누쉬가 대표로 있는 '토르'사가 공동제작에 참여하기도 하였습니다. 이 작품 역시 우리 영화제에서 (아마도 월드 프리미어로) 소개될 것입니다. 그리고 제작자인 알리야 우발자노바로부터 기쁜 소식을 들었습니다. 제가 개인적으로 너무나 좋아하는 악탄 압티칼리코프 감독의 신작이 진행 중이라는 것입니다. 게다가 시나리오는 모흐센 마흐말바프가 썼다고 합니다. 정말 환상의 조합이 아닐 수 없습니다. 그래서 돌아와서 당장 마흐말바프에게 이메일을 보냈답니다.

27일 밤, 저는 폐막식 중간에 비행기 시간 때문에 공항으로 떠나야 했습니다. 공항에서는 영어 통역을 맡아 주었던 23살

205

의 아리따운 굴미라가 저와 임지윤 아시안필름마켓 실장을 떠나
보내면서 눈물짓더군요. 굴미라뿐이 아니라, 카즈흐스탄 사람
들 대부분이 착하고 순수하다는 인상을 받았습니다. 그래서 그
랬는지, 알마티를 떠나온 지 일주일이 지난 지금도 알마티가 계
속 생각나는군요. 앞으로는 매년 알마티에 가게 될 것 같습니다.

    P.S.

지난해 뉴 커런츠 초청작은 전 편이 월드/인터내셔날 프리미어
작이었는데요, 올해도 그러한 기조는 계속될 것입니다. 현재까지 모두
5편의 작품을 뉴 커런츠 초청작으로 확정 지었는데요, 인도네시아, 태
국, 인도, 카자흐스탄, 이란 등에서 초청한 이들 작품은 지난해 뉴 커
런츠가 그랬던 것처럼 모두가 정말 뛰어난 작품들입니다. 기대해 주
십시오.

6월 10일 화요일

베이징의 수도공항 도착시각이 오후 3시경인데, 비행기 도착 후 공항을 빠져나오는 데만 1시간 이상이 걸렸다. 사람이 그렇게 많이 밀리는데도 세관원들을 충원하지 않는다. 공항 직원들도 무덤덤하다. 올림픽 때는 어찌하려는지.

숙소에 짐을 풀고 호텔 로비에서 장률 감독, 리훙치 감독, 장시엔민 베이징영화학교 교수와 만나 식사를 하였다. 이번 출장에 동행한 전양준 부집행위원장과 마켓 스태프들도 함께하였다. 마켓 팀은 주로 국가기구나 대기업들과 미팅을 할 것이고, 나는 감독이나 독립영화제작, 배급사들과 만나기로 역할분담을 하였다. 식사는 내가 개인적으로 제일 좋아하는 후난성 식당으로 가자고 제안하니, 장률 감독이 후난성의 장사 시에서 베이징에 만들어 놓은 장사 시 비즈니스센터 내에 있는 식당으로 데리고 간다. 역시 후난성 음식이 최고다. 광둥성이나, 쓰촨성 요리보다 내 입맛에 훨씬 잘 맞는다.

식사 후, 본격적으로 중국영화에 대한 논의를 시작하였다. 올해 중국영화의 화두는 쓰촨 대지진과 올림픽이다. 현재 많은 감독이 쓰촨 지역으로 몰려가 있다고 한다. 그들 대부분은 다큐멘터리를 찍기 위해서 갔다고 하는데, 내년 초쯤이면 쓰촨 대지진에 관한 다큐멘터리가 쏟아져 나올 것 같다. 대지진도 대지

207

진이지만, 올림픽 때문에 현재 중국영화계는 임시 휴업상태이
다. 중국정부가 올림픽 전에는 조금이라도 민감한 주제를 다루
고 있는 작품에 대해서 상영허가를 내주지 않고 있다는 것이다.
때문에, 많은 작품이 하반기 이후에나 제작을 진행하거나 상영허
가를 얻을 것 같다. 물론, 대부분의 지하 독립영화는 그러한 정부
의 방침에 별 상관이 없기는 하다. 그런 가운데서, 리훙치 감독은
신작〈국경일〉을 완성하였다고 한다. 2006년도 PPP 프로젝트
였는데, 완성되었다고 하니 무척 반갑다. 며칠 전에 로카르노영
화제 프로그래머가 와서 보고 초청장을 보냈는데, 부산에서 초청
하면 로카르노를 포기하고 부산에서 월드 프리미어를 하겠다고
한다(로카르노는 8월). 그래서 받아 둔 스크리너를 한국에 돌아가자
마자 보고 답을 주겠노라고 하였다. 그런데 리훙치 감독이 정부
에 상영허가를 신청하였을 때, 당국에서 영화 제목〈국경일〉에
대해 문제로 삼아서 그냥〈휴일〉이라는 제목으로 바꾸었다고
한다.〈국경일〉이란 제목에 대해서도 문제로 삼을 정도이니,
요즘 분위기를 대충 짐작할 것 같다. 판지안린의 신작도 곧 완성
된다고 한다. 해서 장률감독을 통해 월말에 스크리너를 받기로
했다. 판지안린의 신작 역시 지난해 PPP 프로젝트였다. 그런데
올해 칸국제영화제 경쟁부문 진출작인 지아장커의〈24 시티〉
가 지난해 부산국제영화제 뉴 커런츠 초청작인 판지안린의〈끝
없는 밤〉과 관련하여 이런저런 이야기들이 있는 모양이다. 인터
뷰를 다큐와 허구를 섞어 만든 스타일이 너무 똑같다는 것이다.

중국 독립영화의 가장 중요한 해외창구 역할을 하고 있는 장시엔민 교수는 한 잡지에 앞으로는 중국의 지상영화는 절대로 보지 않겠다는 폭탄선언을 하였다고 한다. 너무 과격한 것 아니냐는 질문을 하였더니, 정부에서 이런저런 이유로 상영허가를 내주지 않는 경우가 점차 늘어나고 있는데, 본인에게는 지상영화를 보지 않을 권리도 있는 것 아니냐는 대답이 돌아왔다. 장 교수와는 10년이 넘도록 인연을 이어왔는데, 최근에는 한국의 여러 영화제에서 도움을 많이 요청해 온다고 한다.

6월 11일 수요일

오전 10시 반에 숙소인 쿤룬 호텔 커피숍에서 빅 원 필름의 샨동빙을 만났다. 나하고는 15년 이상 된 친구이자, 우리 영화제의 마켓 자문위원이기도 하다. 그동안 대기업인 폴리보나에서 일을 하다가 최근 독립하여 이제 본격적인 사업을 펼치고 있다. 샨동빙은 대기업에서 일하면서도 동년배의 독립영화 감독들의 활동을 지원해 왔다. 중국 내에서 주류와 독립영화계 가릴 것 없이 가장 발이 넓은 인물로 손꼽힌다. 지난해에 우리 영화제에서 월드 프리미어로 상영될 예정이었다가 결국 일정을 맞추지 못해 무산되었던 허지엔준의 〈리버 피플〉을 아직도 밀어주고 있다. 해서, 우리 영화제의 아시아영화펀드 지원에 대해 논의를 하였다. 어떤 방식으로든지 올해 우리 영화제에서는 반드시 상영될 예정인데, 올해 중국영화 중 단연 베스트가 평가될 것이다.

209

또한 샨동빙은 장위엔의 신작 〈다다의 비밀〉의 중국내 배급을
맡고 있는데, 장위엔과는 내일 만나기로 약속을 정한다.

오후 2시에는 중국 독립영화 상영과 배급의 중심적 역할
을 하고 있는 팬홀의 주뤼쿤을 만났다. 호텔로 차량을 보내왔는
데, 새로 이사 간 사무실이 꽤 멀다. 쏭장이라는 지역이 팬홀의
사무실과 극장이 있는 곳으로, 이곳은 화가촌이라고 불리는 명
소이다. 지금은 중국 현대미술의 중심이라 일컬어지는 따산쯔에
버금가는 곳으로 성장하였다. 팬홀의 새 사무실은 넓은 농가를
개조한 곳인데, 아직 공사는 끝나지 않았지만 아늑하고 운치가
있는 곳이다. 그리고 근처에는 2개의 스크린이 있는 극장도 짓
고 있는 중인데, 이미 지난주에 다큐멘터리영화제를 개최한 바
있다. 주뤼쿤은 이곳에 자료실과 영화교실을 열어 중국 독립영
화의 명실상부한 산실로 만들 계획을 가지고 있다. 주뤼쿤에게
는 내년 중국 독립다큐멘터리영화제에 한국 다큐감독의 회고전
을 추천하고 몇 명의 한국 다큐감독을 이야기해 주었다. 그리고
주뤼쿤으로부터 최근 완성된 몇 편의 중국다큐멘터리 스크리너
를 받았다.

이어 저녁에는 중국에서 가장 큰 민간 영화사 중의 하나
인 화이 브라더스의 펠리스 비를 만나 식사를 하였다. 지난해의
개막작 〈집결호〉를 제작한 곳이 바로 화이 브라더스이다. 펠리
스는 대만 출신으로 대만 워너브라더스에서 일하다가 스카우트
된 재원이다. 그녀가 안내한 식당은 '페이스'라는 이름의 퓨전 식

당으로, 식사를 한 뒤 야외에서 커피를 마실 수 있는 규모와 인상적인 인테리어를 갖춘 식당이다. 올해는 우리 영화제에 출품할 만한 작품이 별로 없지만, 뜻밖에 자오바오핑의 두 번째 작품을 건넨다. 자오바오핑은 현재 베이징영화학교 재직 교수로, 데뷔작을 인상 깊게 보았던 감독이다. 자오바오핑과 화이 브라더스가 잘 어울리지 않는 것 같아 의아스럽기는 하다. 일단, 돌아와서 스크리너를 보고 판단하기로 하였다.

6월 12일 목요일

오전 10시에 판타지 픽쳐스를 방문하였다. 사장과 책임 프로듀서가 모두 베이징영화학교 출신으로 아직 30대이다. 사장인 린판은 이전에 로우예의 〈여름궁전〉에도 투자를 할 만큼 의

식 있는 제작자로, 아버지가 엄청난 부자라고 한다. 최근에는 소위 예술영화 외에 상업영화에도 투자를 적극적으로 추진하고 있다. 그중에는 베이징영화학교 출신의 한국 감독의 작품도 기획하고 있다고 한다. 앞으로 판타지 픽처스의 활동을 기대해 봐도 좋을 것 같다. 점심때는 홍콩의 제작자 다니엘 우가 합류하였다. 다니엘 역시 우리와 밀접한 관계를 유지하고 있다. 이전에 유덕화의 포커스 필름에서 신인감독 발굴을 진행하면서 우리와 가까워졌다. 그런데 부인인 로나 티 역시 활발한 제작자인데, 부부가 한 달에 얼굴 한번 보기가 힘들다고 한다. 다니엘은 포커스 필름 시절에 진행하였던 아시아의 신인감독 발굴 프로젝트 '퍼스트 컷' 시즌2를 진행하고 있고, 올해 우리 영화제에서 대대적으로 발표회를 하고 싶다는 의사를 피력한다. 구체적인 날짜와 장소, 방식 등에 대해 깊은 논의를 하였다. 2년 전 우리 영화제 폐막작이었던 〈크레이지 스톤〉의 닝하오의 신작은 12월이나 되어야 완성될 것 같다는 이야기를 한다. 아쉽지만, 일단 포기할 수밖에.

　　점심을 마치고 다시 호텔로 돌아와 장위엔을 만났다. 꽤 오랜만에 만나는 셈이다. 신작 〈다다의 비밀〉은 다행히 이달 말이면 완성될 것 같다. 일단 스크리너는 따로 받기로 하였다. 장위엔은 현재 상하이에서 사진전을 열고 있는 중이라고 한다. 그러면서 꽤 묵직한 사진집을 건넨다. 이어 저명한 배우이면서, 이번에 감독으로 데뷔하는 유페이훙의 사무실을 찾아 〈징코징코〉의 러프컷을 잠깐 보고 스크리너를 받았다. 잠깐 본 느낌으로는 그다지 새로울 것 같지는 않다. 그리고 다시 호텔로 돌아와 류빙지안 감독과 제작자 이사벨라를 만났다. PPP 프로젝트 〈등〉이 결국 심의를 통과하지 못해, 현재는 제작을 포기한 상태라고 한다. 그리고 뜻밖에도 그림으로 꽤 많은 수입을 올리고 있다고 한다. 감독이 되기 전 화가였던 그가 이제 다시 화가로 돌아간 것이다. 그렇다고 감독을 포기한 것은 아니라고 한다. 류빙지엔에 따르면, 중국에서 회화는 검열도 없고 돈도 별로 들지 않아 자신에게는 새로운 돌파구가 되고 있다고 한다. 한편으로는 씁쓸한 느낌을 떨칠 수가 없다.

저녁 6시에는 JA 미디어 대표와 서극 감독과 저녁을 함께 하였다. 서극 감독은 〈미싱〉의 개봉을 막 하였고, 지금은 JA 미디어에서 제작 중인 〈여자는 늘 옳다〉의 마무리 작업을 하고 있다. 그런데 오늘 홍콩에서 베이징으로 건너온 것은 차기작 헌팅 때문이라고 한다. 차기작은 〈용문객잔〉의 리메이크인데, 주요 로케이션 장소가 신장이며 중국 정부 당국에서 군용기를 내주어 내일 아침 일찍 그곳에 간다고 하였다. 서극 감독과는 꽤 긴 시간 동안 이야기를 나누었는데, 심지어 왜 자기가 아직도 부산영화제에 한 번도 못 갔을까 하는 이야기도 하였다. 본인의 분석에 따르면 자기는 늘 3월과 10월에 신작 촬영에 들어가곤 하는데, 아마도 그것 때문이 아니었겠느냐고 하였다. 해서, '부산영화제 개최 일정을 바꿀 수는 없으니, 한 번쯤은 10월 촬영을 건너뛰는 게 어떻겠느냐'고 대답해 주었다. 서극 감독은 장차 손자에 관

213

한 영화를 찍고 싶다는 이야기도 하였다. 역시 거장답게 인품과 지적 수준이 상당함을 느낄 수 있었다.

저녁 식사를 마친 뒤 다시 호텔로 돌아와 제작자 왕웨이와 감독 시엥쩌민을 만났다. 왕웨이는 재중 교포로, 중국영화계에 발이 상당히 넓다. 내가 미처 챙기지 못했던 몇몇 신작 정보를 알려준다. 시엥쩌민은 PPP 프로젝트 〈숲속의 길〉을 잠시 접어두고 그동안 다큐멘터리 한 편을 찍었다고 한다. 중국의 인디 록 음악에 관한 다큐멘터리로, 내용을 쭉 들어보니 매우 흥미롭다. 해서 일단 찜을 해 두었다. 밤 10시가 넘어 다시 자리를 옮겼다. 로우예 사무실이 마지막 목적지이다. 로우예는 〈여름궁전〉 이후 중국 정부로부터 활동을 금지당했지만, 보란 듯이 신작을 만들고 있다. 그것이 가능한 이유는 제작비를 모두 프랑스에서 조달했기 때문이다. 이번에도 꽤 충격적인 소재를 다루고 있는데, 내년 초쯤이나 되어야 완성이 가능할 것 같다. 다음 프로젝트의 PPP 참가에 대해 이야기 하였더니, 그것마저 이미 투자가 끝났다고 한다. 정부의 활동 금지 조치가 되려 그에게는 기회가 되고 있는 것이다.

12시가 넘어 호텔로 돌아오니, 진작에 부탁해 두었던 DVD 플레이어가 이제야 들어와 있다. 게다가 22 필름스를 비롯한 여러 독립영화 제작소에서 DVD가 와 있다. 로카르노에서 노리고 있다는 몇 편의 작품 DVD를 새벽까지 본다. 로카르노에 뺏기지 않으려면 답을 빨리 주는 게 최상의 방법이다. 특히, 잉리양의 〈착한 고양이〉가 마음에 든다.

6월 13일 금요일

아침에 베이징 영화학교를 들러 장시엔민 교수를 만나 나
머지 DVD를 받고, 티엔주앙주앙 감독을 만났다. 티엔 감독은 얼
마 전 자신의 신작에 한국의 중견 배우를 기용하려고 하였고 김
동호 위원장님께 도움도 요청하였지만, 배우의 일정 때문에 무
산되어 조금은 미안한 마음도 있었는데 정작 본인은 괜찮다고 한
다. 이어 왕웨이씨가 추천한 리우쿼어 감독을 만나 신작 〈무몽
지년〉의 스크리너를 받았다. 국내에는 전혀 알려지지 않은 감
독인데, 이번에 10대 미혼모에 관한 영화를 찍었다고 한다. 그리
고 장시엔민 교수를 다시 만나 독립영화 신작 DVD를 받았다.

점심은 추이즈언 감독과 함께 하였다. 그런데 그 자리에
디아오이난의 〈밤열차〉의 주연을 맡았던 여배우 리우단도 나
와 있다. 그녀의 남편이 베이징영화학교 출신의 일본인으로 이
번에 데뷔작 〈세 자매〉를 만들었고, 그 작품을 나에게 소개하
려고 동참한 것이다. 추이즈언 감독은 늘 그렇듯이 그사이에 자
신의 신작도 한편 완성하였고, 제자의 데뷔작을 제작하기도 하
였다. 또한, 한화 약 5억 원의 제작비가 들어가는 대작(?) 프로젝
트를 PPP에 내겠다고 한다. 추이즈언 감독도 워낙 부산영화제
팬이기도 하지만, 나와도 무척 가까운 사이이다. 내가 특히 후
215 난성의 '어두' 요리를 좋아한다는 것을 잘 알고 있는데, 이번에

도 '어두' 요리에 들어가는 특제 소스를 선물로 안겨준다. 이렇
게 고마울 데가….

　　이렇게 모든 일정을 마무리 짓고 공항으로 가기 전, 통역
을 도와준 김희정 씨와 베이징 덕 요리점인 '따동'을 들른다. 미리
주문해둔 베이징 덕 한 마리를 도시락으로 포장하여 집에 가져
가기 위해서이다. 베이징 덕이라면 자다가도 벌떡 일어나는 아
들 녀석과 아내에게 바치는 조공과도 같은 선물이다. 이 선물이
면 아마도 보름쯤은 심신이 편안할 것이다.

가와기타 기념영화문화재단의 설립자 중
한 사람인 가시코 가와기타

7월 29일 화요일

일본의 가와기타 기
념영화문화재단은 1960년
도쿄근대미술관의 영화 부
문 라이브러리를 지원하기
위해 결성되었던 협의회를
계기로 만들어진 민간단체
이다. 가와기타 씨는 도와영
화사東和映畵社를 통해 거부
가 된 인물로, 주로 외화 수입으로 회사를 키웠다. 그는 외화로
돈을 벌었기 때문에 일본영화의 해외진출을 위해 뭔가 뜻있는
일을 하고 싶다는 의지에 따라 가와기타 기념영화문화재단을
만들었다. 도쿄의 한조몬에 위치한 가와기타 기념영화문화재단
은 해외에서의 일본영화 상영, 주요 해외 영화제의 프로그래밍
지원 사업 등을 펼치고 있다.

필자는 지난 13년 동안 한해도 거르지 않고 이곳 가와기
타 재단에서 일본영화 초청작을 선정해 왔다. 약 한 달 전에 이
곳 가와기타 재단에 필자가 보고자 하는 신작 리스트를 보내면,
그 리스트와 함께 각 영화사 및 제작자들에게 연락을 하여 신작
217 프린트 및 DVD를 확보하여 약 일주일에 걸쳐 필자로 하여금 그

작품을 감상할 수 있도록 지원해 준다. 흔히, 일본영화를 선정하는 해외의 주요 영화제 프로그래머들 사이에서는 주로 실험영화를 소개하는 이미지 포럼과 아마추어와 독립영화 중심의 영화제인 피아영화제 등과 더불어 이곳 가와기타 재단을 황금의 삼각지대라고 부른다. 필자에게는 이 황금의 삼각지대 외에 보물창고가 몇 군데 더 있지만, 아무래도 중심은 이곳 가와기타 재단이다.

가와기타 재단은 재단 내에 있는 약 40석 규모의 시사실에서 매일 3편의 영화를 필자를 위해 상영해 준다. 올해는 예년과 달리 월요일과 화요일 오전에 다른 일정이 있어서 오후부터 이곳에서 영화를 보기 시작하였다. 오후 1시에는 유키 다나다의 〈백만엔 걸〉을 보았다. 백만 엔을 모으면 완전히 독립하겠다는 신념을 가진 소녀의 분투기를 그린 작품으로, 아오이 유우의 일인 영화이다. 독립적인 여성상을 보여주는 작품으로, 여성관객들이 좋아할 것 같다. 오후 3시에는 다카하다 이사오의 애니메이션 〈반딧불의 묘〉의 실사 버전 영화를 보았다. 타로 휴가기가 연출한 작품으로, 애니메이션만큼의 감동이 살지 못한다.

5시에는 현재 일본 최대 규모의 제작/배급사인 도호사의 해외업무 담당 책임자 와다나베 쇼조가 가와기타 재단을 찾아와 미팅을 하였다. 쇼조 씨는 신작 〈중학생 노숙자〉 등 4편의 신작 DVD를 건네주고 초청을 당부한다. 이어 5시 반에는 가가 카뮤니케이션의 하루코 와다나베 씨를 만났다. 그녀는 유키오 니나가와의 〈뱀에게 피어싱〉을 부탁한다.

저녁에는 오모토산데로 가서 도쿄필름엑스영화제 집행위원장인 하야시 가나코, 일본에 살고 있는 이란영화인 쇼흐레 골파리안과 함께 식사를 하였다. 하야시 가나코에게는 도쿄필름엑스영화제에서 관심을 가질만한 한국영화를 추천하고, 일본영화 신작을 추천받았다. 쇼흐레 골파리안은 그녀가 프로듀서로 기획 중인 이란의 신작 프로젝트가 올해 PPP에 초청되어 고맙다는 인사를 한다.

밤 11시. 호텔로 돌아와 가와기타에서 받은 DVD를 본다. 사토키 켐모치의 〈다음 일요일〉, 가즈야 고나카의 〈도쿄 걸〉, 나카니시 겐지의 〈파랑새〉 등을 보았지만 눈에 띄는 작품이 없다. 3시경에 잠자리에 든다.

7월 30일 수요일

아침 10시. 가와기타에서의 일정을 시작한다. 테츠야 나카지마의 판타지영화 〈파코와 마법의 책〉이 첫 번째 영화이다. 야쿠쇼 코지, 츠마마부키 사토시 등 캐스팅은 쟁쟁한데, 좀 심심하다. 일본의 판타지영화는 전반적으로 좀 약하다. 12시에는 토에이사의 오랜 지인인 오쿠보 타다유키를 만나 점심을 하였다. 토에이의 영화는 지난 칸 마켓에서 이미 여러 편 본 터라, 그다지 새로운 작품은 없지만 올해 우리 영화제의 특별전과 관련한 프린트 수급이 원활치 못해서 협조를 신신당부한다. 그러자, 오쿠보는 더 많은 토에이 영화의 초청을 부탁한다.

219

1시에 다시 가와기타로 돌아와 영화를 본다. 이번 작품은 소노 시온의 〈사랑의 노출〉이다. 매일 고해성사를 요구하는 교회신부인 아버지를 위해 실제로 범죄행위에 빠져드는 아들의 이야기를 그린 작품으로, 상영시간이 무려 230분이다. 해서, 중간에 중단시키고 DVD를 받기로 하였다. 이 작품을 끝까지 봤다간 다른 작품은 전혀 볼 수 없을 것 같아서였다. 3시에는 이와마츠 료의 〈그리고 여름이 왔다〉를 보았다. 스토리가 상당히 특이하다. 아들과 결혼하는 아가씨가 시아버지에게 묘한 시선을 보내는 내용으로, 오다기리 조가 주연이라 국내 관객들이 꽤 관심을 가질 것 같다. 마지막 장면은 마이크 니콜스의 〈졸업〉(1967)의 패러디장면을 선보이는데, 매우 인상적이다.

저녁 6시에는 시부야로 가서 유니재팬 관계자, 히로미 아이하라와 무라타 치에코(비 와일드 사), 감독 사부 등과 함께 저녁식사를 하였다. 특히, 유니재팬과는 올해 우리 영화제에서의 '일본영화의 밤' 파티 일정과 관련된 논의를 하였다. 히로미 아이하라는 독립영화계에서도 손꼽히는 마당발로 그녀의 추천을 많이 받았다.

어제와 마찬가지로 밤 11시가 넘어 호텔로 돌아왔다. 하지만, DVD는 계속 쌓여있다. 타츠지 야마자키의 〈미야기노〉를 먼저 보았다. 전설적인 화가 샤라쿠 문하의 젊은이가 스승을 뛰어넘기 위해 겪는 갈등과 기녀와의 사랑을 그린 작품으로 무난하기는 하다. 치히로 이케다의 〈도쿄 랑데부〉는 기대를 많이

영화 〈그리고 여름이 왔다〉 ┃

한 작품인데, 평범하다. 이 작품 이후 감기는 눈을 이길 수 없어
하루를 마무리하기로 한다.

7월 31일 목요일

　다시 오전 10시. 가와기타에서 에리코 기타가와의 데뷔
작 〈하프웨이〉를 보았다. 이와이 슌지 제작 작품으로 시네콰논
에서 제작하였다. 아침에 오지 말라고 하였는데도 굳이 시네콰
논에서 사람이 와서 인사를 하고 간다. 아직 영어자막이 없어 미
안하다는 것이다. 영화는 전형적인 이와이 슌지 표 영화이다. 졸
업을 앞둔 홋카이도의 남학생과 여학생이 서로 사랑하지만, 진
학문제로 갈등을 일으키고 미완의 상태로 각자 자신의 길을 간
다는 내용이다. 여성감독답게 이야기를 세심하게 풀어나가기는
하지만, 이와이 슌지의 그늘은 어쩔 수 없다. 점심은 가와기타에
221　서 샌드위치로 간단히 때우고 오피스 기타노로 향하였다. 기타

노 다케시의 〈아킬레스와 거북이〉의 특별 시사에 초청을 받았
기 때문이다. 〈아킬레스와 거북이〉 역시 전형적인 기타노 다케
시 표 영화이다. 일생을 무명으로 지낸 화가의 이야기를 그린 작
품으로, 어린 시절과 청년 시절, 장년 시절로 구성되어 있다. 기
타노 다케시는 장년 시절에서 화가의 역할로 등장한다. 그리고
장년 시절부터 영화는 엽기적인 장면들로 점철되는데, 그를 끝
까지 지켜주는 아내의 모습이 잔잔한 감동을 불러일으킨다. 영
화를 보고 난 뒤, 오피스 기타노에서 제작자로 일하고 있고, 도쿄
필름엑스 영화제 프로그래머이기도 한 이치야마 쇼조를 만나 여
러 가지 이야기를 나누었다.

　　다시 가와기타로 돌아와, 3시 30분에는 니카츠 사의 시
나코 마츠다를 만나 미팅을 하고, 이어 4시에는 니혼 TV의 후미
코를 만났다. 니혼 TV는 관심이 가는 작품을 여러 편 배급하고
있는데, 이들 중 상당수가 이미 한국회사에 팔렸다고 한다. 최근

영화 〈아킬레스와 거북이〉

한국영화가 어려워지면서 많은 회사가 외화 수입에 나서고 있는데, 그 대표적인 예를 니혼 TV와의 만남에서 확인할 수 있었다. 저녁 6시에는 도호큐 신사로 가서 해외 담당 오가와 에나를 찾았다. 이미 칸에서 많은 이야기를 나눈 터라, 새롭게 시작할 이슈는 없었고, 이미 결정된 올해 초청작에 관한 협조관계만을 체크하였다. 그리고 7시 반에는 TBS로 가서 요시노 요코, 미유키 다카마츠 등 해외 담당자와 저녁 식사를 하였다. TBS는 올해 작품이 꽤 있기는 하지만, 대부분 하반기 이후에나 완성될 예정이어서 특별히 초청할만한 작품은 없다. 그보다는 함께 간 임지윤 마켓실장과 함께 올해 우리 마켓에서의 부스신청을 적극 권유하였다. 그동안 TBS는 우리 마켓에서 판매실적이 좋았기 때문에 일단 반응은 좋다.

12시가 넘어 호텔로 돌아왔지만, 바로 잘 수는 없다. DVD 몇 편을 다시 챙겨 본다. 슈타로 다니가와의 〈야 차이카〉는 '사진-영화'라는 실험적인 형식의 영화인데, 개봉이 가능할까 하는 생각이 든다. 이즈루 나루시마의 〈러브 파이트〉는 코믹 청춘물이다. 싸움을 잘하는 여친을 이기기 위해 권투를 배우는 남자의 이야기를 그린 작품으로, 한국에서는 나오기 힘든 작품이다. 도시키 사토의 〈바닷바람에 실려〉는 고향에 내려와 새로운 삶을 찾는 중년 남자의 이야기를 그린 작품으로 평범하다. 오늘 밤도 이 세 편을 끝으로 마무리한다.

223

    오늘은 미팅만 있는 날이다. 나머지 작품들은 모두 DVD 를 한국에 가져가기로 하였기 때문이다. 아침 10시 반에 제작자 아츠코 사이토를 만났다. 그녀는 오시마 나기사의 아들인 아라 타 오시마의 다큐멘터리 〈Theatrical〉을 권유한다. 일단 DVD 를 챙기고, 이어 11시에 제작사 알타미라사의 제작자 요시노 사 사키를 만났다. 그녀는 현재 시노부 야구치의 〈해피 플라이트〉 를 제작 중이다. 〈해피 플라이트〉에는 후지 TV와 도호사가 배 급 및 해외 세일즈 파트너로 붙어있는데, 가급적이면 후지 TV는 피하고 싶었다. 지난해에 우리 영화제에 와서 무례를 많이 범했 기 때문이다. 게다가 국제적인 비즈니스 마인드도 약한 회사이 다. 알타미라사의 요시노 사사키는 아시아 지역 영화제 출품은 자기네가 책임지고 있다고 해서 일이 쉽게 풀린다. 다만, 가지고 온 러프컷 버전의 DVD는 한국에 가져갈 수 없고 이곳 가와기타 에서만 봐달라는 부탁을 한다. 알았다고 하고 미팅을 마친 뒤 곧

영화 〈해피 플라이트〉

바로 DVD를 보았다. 공항과 비행기 내에서 일어나는 여러 가지 일과 사건들을 꼼꼼하게 그리고 있는 작품으로 웃음의 코드는 이전 작품에 비해서 좀 약하지만, 아기자기한 맛은 훨씬 깊다.

오후 2시에는 아스믹 에이스 사의 치히로 히지오카를 만났다. 그녀는 츠토무 하나부사의 코미디 〈핸섬 수트〉를 강력 추천한다. 〈핸섬 수트〉를 입고 미남으로 변신한 뚱보 식당 주인의 좌충우돌하는 이야기를 다룬 작품이라는데, 고개를 갸웃거리게 한다. 2시 반에는 쇼치쿠에서 기와무 사토가 DVD 한 보따리를 들고 나타났다. 워낙 많은 작품을 풀어놓아 좀 걱정스럽다. 초청할 작품이 별로 없으면 어떡하나 하는 걱정이 드는 것이다.

쇼치쿠와의 미팅을 끝으로 가와기타에서의 일정은 모두 끝이 났다. 황금의 삼각지대 가운데서 이미지 포럼은 이미 지난 2월에 이미지 포럼 영화제 심사위원을 하면서 작품들을 챙겼고, 피아영화제는 지금 한창 진행 중이라 다들 정신이 없다. 해서, 피아영화제로부터는 DVD를 따로 받기로 하였다. 그리고 마지막 숨은 보물 창고(?)에서 DVD를 받아 챙겨 두었다. 매년 찾아와서 이제는 식구처럼 친해진 가와기타의 스태프들과 작별인사를 하고 나와서 하쿠히도사의 한국인 직원 지현숙 씨를 만났다. 하쿠히도 사는 일본 2위 규모의 광고회사로 최근 영화제작에 투자를 시작하였다. 수요일에 본 테츠야 나카지마의 〈파코와 마법의 책〉에도 투자를 하였고, 지현숙 씨는 이 작품의 초청을 부탁하였다. 하지만, 당장 답을 주기에는 좀 망설여져서, 이메일로 연락을 주고받기로 한다.

저녁 7시에는 도쿄에 사는 우리 영화제의 일본영화 어드바이저인 양시영 씨와 신주쿠에 있는 요시모토 흥업을 찾았다. 요시모토 흥업의 본부는 오래전 폐교된 과거 초등학교 건물 전체를 사무실로 쓰고 있다. 신주쿠 구청에서 점차 쇠락해가는 신주쿠의 이미지를 살리기 위해(신주쿠는 유흥가와 야쿠자 등 부정적인 이미지가 강한 지역이며, 유동인구가 가장 많은 지역임에도 불구하고 시부야나 롯폰기에 경제적으로 밀리고 있다고 한다), 요시모토 흥업 본부를 유치한 것이다. 요시모토 흥업은 특히 일본 코미디의 본산이라 일컬어질 만큼 많은 스타급 코미디언을 거느리고 있는 회사로 일본 엔터테인먼트 업계에서 영향력이 막강한 회사이다. 이 요시모토 흥업이 최근 새로운 행사를 추진하고 있고, 이를 위해 부산영화제에 협조를 요청해 왔다. 히데노리 나가이 사장과 이 행사에 관해 많은 이야기를 나누었다. 요시모토 흥업은 지난해에 마츠모토 히토시의 〈대일본인〉을 제작하여 이제는 영화제작에도 뛰어들었고, 때문에 우리 영화제와도 네트워크 구축이 필요한 상대이기도 하다.

요시모토 흥업과의 미팅을 끝으로, 이번 일본 출장은 모든 일정을 마무리 지었다. 그리고 올해 우리 영화제 초청작 선정을 위한 모든 해외 출장도 이제 종료되었다. 이제는 사무실로 돌아가 산더미처럼 쌓여있는 나머지 작품들을 열심히 보면서 마지막 보석을 찾는 일이 남아있다.

제10회 타이페이국제영화제 포스터

6월 28일 토요일/29일 일요일

올해로 10회를 맞는 타이페이국제영화제는 허우샤오시엔 감독이 조직위원장이며, 현 대만총통인 마잉주 씨가 타이페이 시장 재임 시에 만든 영화제이다. 당시 대만영화인들의 금마장영화제에 대한 불만에 따른 반작용으로 생겨났다는 설도 있다. 그래서 영화제의 성격 또한 금마장과 많이 다른데, 타이페이국제영화제는 신인감독 발굴에 주력하는 영화제이다.

몇 년 전, 부산과 타이페이 사이에 직항편이 생겨서 이제는 부산에서 타이페이 가기가 편해졌다. 6월 28일 오후에 숙소에 도착하여 짐을 푼 뒤 저녁에 지인들과 저녁을 먹었다. 우리 영화제 페스티벌 코레스펀던트인 장산링과 제작자 예뤼펀, 조우리, 그리고 타이페이국제영화제 심사위원으로 먼저 와있던 홍효숙 프로그래머 등과 함께 식사를 하였다. 예뤼펀은 〈적벽대전〉의 대만 측 프로듀서로 참여하여 그동안 중국에 있다가 얼마 전에 귀국하였다고 한다. 그녀로부터 〈적벽대전〉의 촬영 비화를 많이 들을 수 있었다. 식사 후 간단한 커피와 술자리를 가졌는

227

데, 여기에는 제이콥 웡 홍콩국제영화제 프로그래머, 조반나 풀
비 토론토영화제 프로그래머, 전 도쿄영화제 프로그래머 테루오
카 쇼조, 할리우드 리포터 기자인 매기 리 등이 합류하였다. 그
중에서 조반나가 약간 신경이 쓰인다. 토론토(9월)와 우리 영화
제가 경쟁을 해야 하는 작품들이 꽤 있을 것이기 때문이다. 개막
즈음부터 와 있던 조반나에게 눈에 띄는 작품이 있었냐고 물어
보니 별로였다고 한다.

　　이튿날, 본격적으로 영화를 보기 시작하였다. 호텔에서
극장까지는 걸어서 약 20분 거리이다. 좀 덥기는 하지만, 그냥
걷기로 한다. 아침 10시 40분에 아시아단편모음집을 봤지만 별
로 눈에 띄는 작품이 없다. 이어 오후 3시에는 대만단편모음집
을 보았다. 총 5편 중에 호위딩의 〈여름 오후〉가 눈에 띈다. 한
적한 산골 도로를 달리던 차가 잠깐 길가에 멈추면서 생겨나는
우발적인 사건을 이야기한다. 15분짜리 단편인데, 35㎜ 흑백영
화로 깔끔하고 강렬한 이미지를 보여준다. 나중에 자료를 찾아
보니, 올해 칸국제영화제 비평가 주간에 초청된 작품이다. 다음
작품은 기대작 웨이더셩의 〈케이프 넘버 7〉인데, 중간에 CD를
사러 돌아다니다가 시간을 착각하고 상영을 놓치고 말았다. 이
작품의 해외 세일즈를 담당하는 이가 오랜 지인인 크레스타 첸
인데, 미안하기 짝이 없다. 그녀는 내가 대만에 오기 전부터 이메
일을 보내서 이 작품을 꼭 봐달라고 부탁까지 했었다. 할 수 없이
그녀에게 전화를 걸어 이실직고하고 DVD가 있으면 달라고 하니

DVD가 아직 준비가 안 되었다고 한다. 그러면서, 프라이빗 스크리닝을 따로 잡겠다고 한다.

저녁은 대만의 국민배우인 양궤이메, 그리고 여러 영화인과 함께 하였다. 양궤이메는 우리 아들을 너무 좋아하는데 폰 카메라에 찍어간 아들 사진을 보여주니 너무 좋아한다. 저녁 식사 자리에 동석한 이 중에는 성룡 영화를 제작했던 홍콩의 추첸온과 감독 린쳉셩, 제로 추 등이 있었다. 제로 추는 흥미로운 신작 프로젝트에 대해 이야기하였고, 일단 그녀에게 올해 PPP에 프로젝트를 내보라고 권유하였다.

6월 30일 월요일

오늘은 점심을 장초치 감독과 하기로 하였다. 차이밍량 정도의 재능을 갖추었지만, 좋은 제작자를 만나지 못해 활동이 뜸했던 장초치는 우리 영화제와 오랜 인연이 있다. 데뷔작 〈아청〉이 1회 영화제 뉴 커런츠에 초청되었었고, 지난해 말 완성한 〈나비〉도 PPP 프로젝트였다. 장초치는 〈아버지〉라는 새로운 프로젝트에 설명을 해주었고, 상당히 흥미로운 작품이 될 것이라는 판단이 들었다. 그래서 그에게 역시 PPP 출품을 권유하였다. 이런저런 이야기를 나누던 중 장초치가 곧 있을 대만의 모 음악상 심사위원을 맡게 되었다는 이야기를 하길래, 조안나 윙도 후보에 올라있느냐고 물었다. 올해 데뷔한 19살짜리 재즈 여성가수 조안나 윙의 〈Let's Start from Here〉를 워낙 좋아하는 탓에

229

그 음악을 우리 영화제에서 활용하고픈 마음에 물어보았더니 작
곡가이자 음반 프로듀서인 조안나 윙의 아버지를 잘 안단다. 게
다가 도움이 필요하면 언제든지 말만 하라고 한다. 이런 횡재가.

　　오후 2시 20분에는 대만 학생단편 경쟁부문 작품들을 보
았다. 대체로 고만고만하다. 그리고 저녁 7시 반에는 대만단편
모음집을 보았다. 이 중 눈에 확 들어오는 작품이 있다. 창룽지
의 〈터널의 끝〉이 그 작품으로, 감독은 현재 군 복무 중이라고
한다. 그러니까 입대 전 작품을 완성하였고, 그 작품이 이번에 타
이페이국제영화제에 초청을 받은 것이다. 그의 전작 다큐멘터리
〈기적의 여름〉은 2006년에 우리 영화제에 초청된 바도 있다.
〈터널의 끝〉은 피아노를 연주하는 맹인과 같은 대학에 다니는
소녀의 만남을 그린 작품으로, 다큐멘터리와 허구를 섞어 놓은
작품이다. 디지베타로 찍었지만, 여느 작품 못지않게 완성도가
높으며 잔잔한 감동을 주는 수작이다.

▌ 영화 〈터널의 끝〉

〈터널의 끝〉을 보고 난 뒤, 미뤄 두었던 전화를 하였다. 차이밍량의 프로듀서 빈센트 왕에게 전화를 하였더니, 자기는 지금 공항으로 가고 있는 중이라고 한다. 프랑스 파리가 목적지인데, 그동안 캐스팅 문제로 연기되었던 차이밍량의 신작 스케줄이 어쩌면 앞당겨질 것 같다고 한다. 그 때문에 차이밍량은 이미 파리로 가 있다고 한다. 할 수 없이 다음에 만날 것을 기약하면서, 차이밍량에게 안부 인사를 전해달라고 하였다.

저녁에는 유니타이완의 케네스 창을 만났다. 올해도 대만정부의 신문국(우리나라의 문화체육관광부에 해당)은 우리 영화제에서 '대만영화의 밤' 리셉션을 개최할 예정인데, 그 업무를 아웃소싱 받은 곳이 바로 유니타이완이다. 문제는 유니타이완이 이러한 리셉션에 대한 경험이 별로 없다는 것인데(이는 이미 지난 칸국제영화제에서의 '대만영화의 밤' 리셉션에서 드러난 바 있다), 기왕 우리 영화제에서 여는 파티이니만큼 성공적으로 마무리되었으면 하는 마음에서 여러 가지 조언을 해주었다. 케네스 창은 고마워하며 가급적 많은 대만영화인을 참가하게 하겠다고 한다.

7월 1일 화요일

아침 10시 50분에 홍콩영화 〈하이눈〉을 보았다. 이 작품은 홍콩의 배우 겸 제작자인 증지위가 대만, 홍콩, 중국에서 각한 편씩 제작하는 청춘영화 〈9월풍〉 시리즈의 한편이다. 중국편은 상영금지되어 올해 내로 상영될 가능성은 전혀 없다고 한

허우샤오시엔 감독과의 회의

다. 〈9월풍〉의 대만 편은 이미 홍콩국제영화제에서 봤는데, 꽤 괜찮은 작품이었다. 〈하이눈〉 역시 폭발하는 젊음을 새로운 감각으로 그려낸 작품이다. 하지만, 초청까지는 생각을 좀 더 해봐야겠다. 점심을 한 뒤 허우샤오시엔 감독의 사무실을 찾았다. 다음 작품 〈섭은랑〉의 준비에 한창인 허우샤오시엔 감독에게 우선 한국에서 사 간 짜장 소스를 건네주었다. 허우샤오시엔 감독은 부산에 와서 먹어 본 짜장면이 너무 맛있어서 짜장 소스를 사 간 적이 있었다. 부인으로 하여금 그 짜장 소스로 짜장면을 만들게 해서 먹어보니 그 역시 맛있더라는 것이다. 이후 나는 대만에

갈 때마다 짜장 소스를 사가지고 간다. 각설하고, 허우샤오시엔 감독과는 몇 가지 중요한 사항을 협의하였다(아직은 밝힐 단계가 아니다). 그는 현재 〈섭은랑〉의 시나리오 작업 막바지 단계에 있는데, 한국배우의 기용과 한국에서의 촬영 문제를 이야기하였다. 일단, 이러한 〈섭은랑〉 제작을 포함하여 이러저러한 이유 때문에 허우샤오시엔 감독은 올해도 부산을 찾을 것 같다. 허우샤오시엔 감독과 만난 뒤, 바로 윗 층에 있는 녹음기사 투두치의 사무실을 찾았다. 거의 모든 대만영화의 녹음을 담당하고 있는 투두치와는 올해 아시아영화아카데미와 관련하여 몇 가지 사항을 협의하였다. 투두치는 너무 부산에 가고 싶기는 하지만, 작업 스케줄 때문에 올해는 정말 불가능하다며 미안해한다. 해서 내년에는 꼭 부산에서 보자는 인사말로 마무리하였다.

다시 극장으로 돌아와서 5시 10분에 단편 애니메이션 경쟁부문 초청작들을 보고, 저녁을 하였다. 마침 벤쿠버영화제의 프로그래머인 셸리 크레이서와 만나 이런저런 이야기를 나누었다. 사실은 그와 마주하고 싶지 않은 자리였다. 벤쿠버영화제는 대개 날짜가 우리와 겹치고, 그 때문에 프리미어 작품 확보에 있어서 경쟁상대이기 때문이다. 더군다나 아시아 작품의 경우 최근에는 대부분 부산에서 프리미어 상영을 원하기 때문에 상대적으로 벤쿠버는 우리 영화제에 대해 섭섭한 마음을 가지고 있다. 더군다나 셸리는 1회 때부터 우리 영화제 어드바이저였던 토니 레인즈로부터 중화권 지역 프로그래밍을 넘겨받은 터라(그래서 중

233

국어는 좀 한다), 나에게 할 이야기가 많을 터였다. 하지만, 나로서
는 서로 협조하자는 말 외에는 딱히 해줄 말이 없었다.

저녁 8시 20분에는 장이바이의 중국영화 〈비안〉을 보
았다. 택시가 강에 추락하는 사고로 택시기사는 실종되고, 겨우
살아남은 여자손님이 택시기사의 집에 머물면서 일어나는 사건
들을 다루고 있다. 후반부로 가면 놀라운 반전이 있다. 장이바이
는 늘 뭔가 약간 부족하다는 느낌이 드는 감독이었는데, 이번 작
품은 상당히 성숙한 모습을 보여준다.

7월 2일 수요일

오전에 상영관인 신광극장에서 잠깐 집행위원장인 제인
유를 만났다. 올해는 TV 등 언론매체에서 타이페이국제영화제
에 대한 관심이 부쩍 높아졌다며 즐거워한다. 12시 반에는 이
번 영화제 회고전의 주인공인 파이칭쥐이의 1970년 작 〈희로
애락일희〉와 다큐멘터리 〈타이페이의 아침〉을 보았다. 〈희
로애락일희〉는 〈천녀유혼〉과 유사한 내용의 기담영화로, 꽤
나 흥미롭다. 2시에는 다큐멘터리 〈비행소년 飛行少年〉을 보
았다. 소년보호시설의 청소년들이 외발자전거를 타고 대만섬을
일주하는 과정을 담은 다큐멘터리로, 등장인물들의 캐릭터 부각
에 실패함으로써 밋밋한 다큐멘터리가 되고 말았다. 이어 4시
20분에는 대만 디즈니사의 시사실로 가서 일요일에 놓쳤던 〈케
이프 넘버 7〉을 보았다. 에드워드양 감독의 조감독 출신인 웨

이더셩의 이번 데뷔작은 많은 우여곡절을 겪은 끝에 완성된 작품이다. 제작비의 대부분을 감독 개인이 충당하였다고 한다. 헝춘이라는 조그만 휴양지를 배경으로 펼쳐지는 이 작품은 해변에서의 음악공연을 준비하는 마을사람들과, 오래전 이곳에 사랑하는 연인을 두고 일본으로 돌아갔다가 끝내 재회하지 못하고 세상을 떠난 노인의 이야기가 함께 전개된다. 상당히 복잡한 이야기임에도 불구하고 이야기 구조가 탄탄하여 후반부로 갈수록 힘이 붙는다. 어제 허우샤오시엔 감독을 만났을 때 외국 관객이 이해할 수 있을까 의문을 표했지만, 적어도 아시아권 관객은 그럴 것 같다. 토론토나 벤쿠버영화제 프로그래머들이 별로 썩 좋아하지는 않았다는 뒷이야기를 듣기는 했다. 상영이 끝난 뒤 크레스타가 궁금하다는 표정을 짓는다. 나는 좋다는 뜻의 미소를 지었고, 그녀도 즐거워한다. 중간에 나오는 음악도 무척 인상적이었는데, 혹시 OST 음반을 만들었느냐고 물어보니 가방에서 235 CD 하나를 꺼내 건네준다. 아직 발매도 하지 않은 샘플용인데,

감사하기 이를 데 없다.

다시 극장으로 돌아와 7시 10분에 〈태도〉라는 심심한 제목의 다큐멘터리를 보았다. 대만의 농구팀 타이완 맥주팀이 정상에 오르기까지의 과정을 담은 다큐멘터리로 실제로 극적인 장면들이 담겨 있다. 그런데 감독들(레오 리아오, 마디 린)이 편집을 MTV식으로 해버렸다. 새로운 시도라고? 80분 내내 그러니 눈만 아프다. 상영이 끝난 뒤 전직 농구선수이며 이 다큐멘터리의 제작자이기도 한 블래키 첸이 다가와 인사를 하는데, 참 난감하다. 해서 그냥 만나서 반가웠다고만 인사를 하고 자리를 떴다. 작품이 어땠냐고 물어볼까 봐.

오늘은 좀 일찍 호텔로 돌아와 그사이에 여러 감독으로부터 받은 DVD를 보며 하루를 마감한다. 안타깝게도 그다지 눈에 띄는 신작이 없다.

7월 3일 목요일

목요일 아침 10시에 조인트 엔터테인먼트의 리우가 호텔로 찾아와 미팅을 가졌다. 조인트는 현재 두 편의 신작을 제작 중이며, 두 편 다 관심이 간다. 해서, 일단 완성된 뒤 DVD를 보내주면 꼼꼼히 살펴보겠다는 약속을 하였다. 그리고 올해 우리 영화제 마켓에 조인트의 부스를 내는 문제를 상의하였다.

점심은 오랜만에 호강을 하였다. 오랜 친구이면서 올 초에 설립된 타이페이 필름커미션의 운영위원장이 된 제니퍼 자오와 현재 파리에 거주하고 있는 중국계 제작자 친린 시에, 그리고 장산링과 함께 양명산 꼭대기 즈음에 있는 식당에서 마지막 점심을 한 것이다. 이곳을 가려면 서너달 전에 미리 예약을 해야 한다는데, 타이페이 필름커미션 운영위원장의 핫라인이 작용한 모양이다. 공원처럼 넓직한 공간에 환상적인 퓨전음식이 제공되는 식당이다. 첸린 시에는 현재 프랑스/스페인 합작영화를 추진 중인데, 대만과 한국 로케이션 촬영을 고려 중이라고 한다. 해서 일단 부산영상위원회를 강력 추천하였다.

이렇게 해서 대만 출장 일정을 마무리하고 귀국길에 올랐다. 지난번 홍콩국제영화제에서 꽤 좋은 대만영화 신작들을 본 탓에 이번 출장길에는 더 많은 신작을 기대했지만 그렇지는 못했다. 웨이더셩의 신작과 단편들, 그리고 몇몇 감독들의 신작 프로젝트를 스카웃하는 것으로 아쉬움을 달랬다.

237

| 2008 시네말라야국제영화제 포스터

시네말라야 영화제는 올해로 4회째를 맞는 영화제로 필리핀정부에서 필리핀의 독립영화를 후원하기 위하여 만든 영화제이다. 연초에 신인감독들의 프로젝트를 공모하여 지원 선정작에는 각 50만 페소를 지원하여 완성된 영화 대부분을 경쟁부문에 올리는 방식을 취하고 있다. 그동안 이 시네말라야 영화제를 통하여 배출된 감독으로 짐 리비란, 아우라에우스 솔리토, 아돌포 알릭스 쥬니어, 마이클 산데야스 등이 있다. 올해 시네말라야 영화제는 모두 10편의 장편과 10편의 단편을 경쟁부문에 올렸다. 심사위원단은 나와 막스 테시에(전 칸국제영화제 초청작 선정위원), 앙스가르 보그트(베를린영화제 프로그래머), 그리고 두 명의 필리핀영화인 등 총 5명으로 구성되었다.

나에게 배정된 숙소는 소피텔 호텔로, 상영관이 있는 CCP 콤플렉스에서 걸어서 15분 거리에 있다. 하지만, 주변이 너무 황량하여 밤에 호텔로 돌아갈 때는 차를 타야만 하는 곳이다. 아침에는 생각보다는 덥지 않은 기후 덕에 산책하는 기분으로 극장까지 걸어 걸 수 있어서 좋았다.

아침 10시에 호텔에서 초청팀장 비키 아이의 안내를 받아 극장까지 갔다. 정부가 소유하고 있는 CCP 콤플렉스는 복합 문화공간으로 각종 공연과 전시, 영화상영이 가능한 곳이다. 시네말라야국제영화제는 이곳의 6개 극장(일부는 임시 개조)을 상영관으로 쓰고 있었다.

12시 45분. 첫 상영작을 보았다. 알로이시우스 아드라완의 〈시그노스〉가 그것으로, 경쟁부문작이 아닌 초청 상영작이다. 공포영화를 지향하는 영화인 것 같은데, 전혀 무섭지 않다. 오후 3시 30분에 경쟁부문 영화인 온나 발리라/네드 트레스페세스의 〈나의 짝퉁 아메리칸 엑센트〉를 보았다. 미국에 본부를 두고 있는 마닐라의 콜 센터를 배경으로 벌어지는 휴먼드라마인데, 별 감흥이 없다. 6시 15분에는 파울 아나/알빈 야판의 〈훌링 파사다〉를 보았다. 택시 운전수의 사랑 이야기를 그린 작품으

영화제 개최장소인 CCP 콤플렉스

시네말라야국제영화제 (2008)

로, 꽤 잘 만든 멜로 영화이다. 저녁은 초청팀장 비키 아이와 함

께하였다. 극장 바로 건너편에 있는 필리핀식 패밀리 레스토랑인데 음식이 입에 맞다.

저녁 9시에는 조엘 루이즈/아비 아키노의 〈베이비 앙헬로〉를 보았다. 우리 식으로 치면 연립주택 같은 곳에서 살아가는 다양한 인간군상을 그린 작품으로 상당히 호감이 가는 작품이다. 쓰레기통에 버려진 영아를 청소부가 발견하고, 연립주택 사람을 대상으로 탐문이 이루어지는 가운데, 여러 등장인물의 이야기가 펼쳐진다. 오늘 본 작품 중에서는 단연 최고이다. 〈베이비 앙헬로〉를 보고 난 뒤 가까운 친구 사이이기도 한 프로그래머 에드워드 까바뇨와 감독이면서 조직위원장인 로리스 길레인을 만나 인사를 나누고 호텔로 돌아간다.

7월 16일 수요일

오늘도 12시 45분부터 영화 상영이 있어서 오전에 잠깐 이웃에 있는 백화점이라 할 수 있는 몰 오브 아시아를 찾았다. 심사위원이기 때문에 시간 여유가 없을 것 같아서 필요한 것을 미리 사두기 위해서이다. 올해 우리 영화제에서 준비 중인 특별전과 관련된 DVD를 다량 구입하고 CD도 사 두었다. 특히 한국에선 구입할 수 없는 앨범을 구해 흡족하다. 점심은 혼자 햄버거로 간단히 때우고, 극장으로 돌아와 메스 구즈만의 〈칼리묵통으로 가는 길〉을 보았다. 이 작품은 경쟁부문 초청작은 아니지

영화제 경쟁부문 초청작의 각종 자료 전시회

만, 메스 구즈만이라는 감독 때문에 봐야만 하는 작품이었다. 아직은 젊은 감독이지만, 장래가 유망한 감독 중의 한 사람으로 꼽는 감독이다. 〈칼리묵통으로 가는 길〉은 산골 마을에서 먼 길을 걸어서 학교에 다니는 아이들을 그린 작품으로, 특별한 기교 없이 잔잔한 감동을 준다. 다음 작품을 보기 전에, 드디어 심사위원 중의 한 사람인 앙스가르를 만났다. 이야기를 나누어 보니 우리 영화제와도 인연이 많다. 지난 하반기에 성균관대학에서 강의를 했고, 우리 영화제도 몇 차례 다녀갔다고 한다. 그는 지난해 말 베를린영화제 포럼부문의 새 프로그래머가 되었는데, 특히 지난해 우리 영화제의 뉴 커런츠 상영작 라인업이 너무나 훌륭했다고 극찬을 해준다.

241　　　　이어 3시 반에는 프란시스 파시온의 〈제이〉를 보았다.

TV의 탐사 프로그램이 어떻게 만들어지고 있는가를 파헤치는 풍자영화이다. 아이디어가 신선한데다가 연기자들의 연기도 훌륭하다. 〈제이〉 이후에는 집행위원장 사무실을 방문하여 집행위원장인 네스터 자딘과 환담을 나누었다. 그는 지난해 우리 영화제에 이미 참가한 바가 있으며, 우리와의 교류를 강력히 희망한다. 우리로서도 마다할 이유가 없다. 6시 15분에는 크리스티안 카르도즈의 〈란체로〉를 보았다. 출소를 하루 앞두고 있는 주인공의 교도소에서의 마지막 하루를 그린 작품으로, 후반부가 좀 처진다. 저녁은 또 다른 심사위원 막스 테시에와 만나 같이 하였다. 막스는 필리핀영화에 관한 한 최고의 전문가 중의 한 사람이다. 진작부터 이곳에 와있던 그는 비경쟁부문 작품 중에서 여러 편을 강력 추천해준다.

저녁 9시에는 단편경쟁부문 5편을 보았다. 그중에 롬멜 톨렌티노의 〈안동〉과 마크 레이에스의 〈신만이 아신다〉는 단연 눈에 띄는 작품이다. 올해 보았던 그 어떤 아시아 단편보다도 탁월하다. 〈안동〉은 쓰레기산 근처에 사는 '안동'이라는 이름의 꼬마에 관한 이야기를 그리고 있다. 컬러TV를 갖기를 원하는 안동이 복권을 사기 위해 쓰레기산을 뒤지는 내용이 그것으로, 마지막 반전이 기가 막히다. 안동역을 맡은 주인공 꼬마는 실제로 쓰레기산 근처에 사는 빈민가의 아이라고 한다. 〈신만이 아신다〉는 아들을 해외입양을 보내는 어머니를 그린 작품으로 역시 마지막 장면이 매우 충격적이다. 어쨌거나 이들 작품은 필리핀의 단편의 놀라운 수준을 충분히 보여주고 있다.

7월 17일 목요일

올해 시네말라야국제영화제는 필리핀 독립영화의 효시
라 일컬어지는 마뉴엘 콘데 회고전을 열고 있다. 그는 필리핀영
화 최초로 베니스영화제에 진출한 감독이기도 하다. 프로그램
총괄을 맡고 있는 비키 아이와 오전에 만나 필리핀의 독립영화에
대해 의미 있는 대화를 나누었다. 개인적인 생각으로는 최근 필
리핀의 독립영화의 성장이 눈부시며, 우리 영화제에서 이를 다루
어야 할 때가 되었다고 본다. 아마도 내년에 그것이 가능할 텐데,
이와 관련하여 비키 아이와 논의를 한 것이다. 그녀는 모든 협조
를 다짐하였지만, 정작 현재 보관 중인 프린트가 얼마나 될지 알
수 없다는 데에 문제가 있다고 한다. 오후 3시 반에는 크리스 마
르티네스의 〈100〉을 보았다. 어제 본 〈제이〉만큼이나 눈에
번쩍 띈다. 암에 걸려 100일밖에 삶이 남지 않은 한 커리어 우먼
이 자신이 죽기 전에 해야 할 일들을 적은 포스트잇을 벽에 붙이
고, 그 일을 마무리한 뒤에 포스트잇을 떼 나가는 과정을 그리고
있다. 감독은 그 과정을 때로는 유머스럽게, 또 때로는 감동적으
로 그리고 있다. 마지막 장면도 무척이나 인상적이다. 영화를 보
고 나니 감독이 와서 인사를 한다. 심사위원의 입장이라 긴 이야
기는 못하고 간단한 칭찬을 해주었다. 저녁 식사를 하기 전에는
ABS-CBN에서 추진 중인 독립영화 제작 프로젝트 '시네마 원'의

243

책임자인 로날도 아르구테스를 만나 이야기를 나누었다. 올해도 **244**
'시네마 원'은 5편의 신작을 제작 중인데, 완성되는 대로 DVD를
보내주겠다는 약속을 받아냈다. 또한, 비바필름의 관계자를 만
나 긴밀한 이야기를 나누었다. 올해 우리가 추진 중인 특별전 중
에 비바필름의 과거 작품이 최소한 두 편 이상 필요한데 상영료
를 요구하여서 설득을 하기 위해서였다. 관계자는 잘 알았다면
서 상영료 요구를 철회하겠다고 한다.

6시 15분에는 단편 경쟁부문의 나머지 5편을 보았다. 어
제 워낙 좋은 작품을 보았던지라, 오늘은 어제만큼은 못한 것 같
다. 9시에는 폴 알렉산더 모랄레스의 〈콘체르토〉를 보았다. 태
평양전쟁 당시 필리핀의 조그만 마을을 점령한 일본군과 마을 사
람들의 미묘한 갈등 관계를 그린 작품으로 평범하다.

7월 18일 금요일

12시 45분. 엘렌 옹케
코-마르필의 〈보세스〉를 보
았다. 아버지의 구타에서 구
출되어 어린이보호시설에 옮
겨 온 어린이 온욕이 그곳에
거주하고 있던 전 바이올리니
스트에게 바이올린을 배우며
상처를 치유해 가는 과정을 그

| 영화 〈보세스〉

리고 있다. 온욕 역을 맡은 꼬마배우의 연기가 무척이나 인상적
인데, 나중에 물어보니 10살가량의 그 꼬마가 실제로는 천재 바
이올리니스트라고 한다. 지금은 줄리어드 음대에서 전액 장학금
을 받으며 공부하고 있다고 한다. 3시 반에는 에밀리오 제이 아
발로의 〈나메츠〉를 보았다. 음식과 사랑이 얽힌 유쾌한 멜로드
라마로, 거장 피크 갈라가 감독이 마피아 보스로 나와 이채롭다.

저녁식사는 아우라에우스 솔리토 감독과 함께 하였다.
데뷔작 〈막시모 올리베이로스의 전성기〉로 센세이션을 일으
켰던 그는 내가 가장 주목하는 필리핀 감독 중의 한 사람이다.
작년에 〈피사이〉라는 조금 얌전한 작품을 우리 영화제에서 소
개한 바 있는데, 지금 신작 〈소년〉을 찍고 있다고 한다. 러프
컷 버전이라도 있느냐고 다그쳤더니 부끄럽다며 DVD를 내놓는
다. 〈막시모 올리베이로스의 전성기〉는 게이로서의 자신의 성
적 정체성을 깨달아 가는 10살 정도의 아이 이야기를 그렸었는
데, 이번 작품은 아마도 그 후편 격이 될 것 같아서 기대된다. 내
용을 들어보니 게이 바에서 만난 게이댄서와 사랑에 빠지는 청
소년에 관한 이야기라고 하지 않는가.

저녁 9시에는 타라 일렌베르그의 〈브루투스〉를 보았
다. 산골 마을에서 도시로 약과 일상품을 구하러 가던 중 여러 가
지 사건에 휘말리고 점차 사회문제를 알아가는 소년과 소녀 이
야기를 그리고 있다. 정부군과 반군 사이의 민감한 이야기도 다
245 루고 있는데, 상투적인 인물묘사에서 벗어나 있다.

이렇게 해서 장편 10편과 단편 10편 등 경쟁부문 상영작 **246**
모두를 보았다. 신기한 것은 필리핀 심사위원 두 명을 아직 한 번
도 보지 못했다는 것이다. 모든 초청작이 디지털 작품이라, 심사
위원이 원하면 어디서든 볼 수 있게 지원한다는 이야기는 들었
지만, 그래도 고개가 갸우뚱하게 된다. 아무튼, 호텔로 돌아와 그
동안 본 작품들을 정리하며 내일 심사회의 준비를 마무리한다.

7월 19일 토요일

12시에 점심을 겸한 환담을 나눈 뒤 본격적인 심사회의
에 들어갔다. 그동안 볼 수 없었던 필리핀 심사위원들도 자리를
함께하였다. 그런데 심사부문이 장난이 아니다. 장편은 작품상,
감독상, 주연상, 각본상 등 총 13개 부문을, 단편은 4개 부문에
걸쳐 수상작과 수상자를 뽑아야 한다. 사실, 독립영화제에서 이
렇게 많은 부문의 시상을 한다는 것이 납득이 잘 안되었지만, 나
중에 조금 이해하게 되었다. 그것은 무엇보다도 주연상과 조연
상 때문이었다. 경쟁부문 작품의 연기자들의 연기는 대부분 훌
륭했는데, 그들은 거의 모두가 메인 스트림에서 활동하는, 또는
탑클라스급의 배우들이었다. 즉, 그들은 신인감독의 독립영화에
도 기꺼이 출연하는 전통을 갖고 있는 것이다. 때문에, 시네말
라야국제영화제의 초청작들은 기존의 메인 스트림 영화에 비교
해서 프로덕션 퀄리티가 전혀 떨어지지 않는다. 이런 점 때문에
시네말라야국제영화제는 독립영화제임에도 불구하고 많은 시상

분야를 두고 있는 것이다.

문제는 총 17개 부문의 심사를 5명의 심사위원이 다 해야 한다는 것인데, 내가 시간을 단축하는 데 일조를 좀 했다. 방법은 간단했다. 다른 심사위원들이 부문별로 후보작이나 후보를 서, 너명 추천할 때 나는 단 한 편 혹은 한 명만 추천한 것이다. 때문에 수상작이나 수상자 선정이 훨씬 빨라졌다. 주요상인 작품상과 감독상에는 예상대로 〈100〉과 〈제이〉가 별 이견 없이 선정되었다. 다른 심사위원들도 심사결과에 대해서 대체로 만족해했다. 그래도 심사시간은 4시간 반가량 소요되었다.

이제 홀가분한 마음으로 저녁을 먹고, 두 편의 비경쟁 부문 영화를 보기로 한다. 6시 15분에는 제롤드 타로그/루엘 다히스 안티푸에스토의 〈컨페서널〉을 보았다. 다큐와 픽션을 섞은 영화인데, 의외로 수작이다. 9시에 본 윌 프레도의 〈콤파운드〉도 꽤 괜찮은 작품이다. 겉으로는 평범하지만 마약중독에 의해 점차 파멸되어 가는 한 가정의 이야기를 그리고 있다. 〈콤파운드〉를 보고 나니 감독 아돌포 알릭스 쥬니어가 인사를 한다. 그의 신작 〈아델라〉는 이번 영화제의 개막작이었다. 해서 그에게 DVD를 부탁하니 그것 때문에 왔다며, DVD를 건네준다. 급한 마음에 호텔로 돌아와서 보니 매우 훌륭하다. 가족도 없이 혼자서 생일을 맞는 한 할머니의 하루를 그린 작품인데, 강한 울림이 있다. 반면에 비키 아이를 통해서 DVD를 받아서 본 노장감독 에디 로메로의 신작 〈사랑하는 법을 가르쳐 줘〉는 좀 실망

247

스럽다.

　　시상식 겸 폐막식은 저녁 7시에 시작이다. 점심은 그동안 나를 편안하게 케어해 준 초청팀장과 팀원 한 사람을 데리고 꽤 비싼 해물 레스토랑으로 가서 함께 하였다. 초청팀장인 비키 아이는 내가 부탁했던 영화사 관계자들, 감독들과 신작 정보 등 모든 것들을 빠짐없이 챙겨 주었던 사람이다. 그동안 정도 들었고 또 고맙기도 하고 해서 기꺼이 점심을 샀다. 점심을 먹은 뒤에는 한 편의 영화를 더 보았다. 마르틴 카브레라의 〈콘도〉가 그것으로, 아파트 경비원으로 일하는 한 젊은이의 일상과 자아찾기를 미스터리 형식으로 다루고 있다. 이 작품 역시 그런대로 괜찮다.

　　저녁 7시에 시작된 폐막식. 영화제 측에서는 나더러 3개 부문 시상을 하라고 한다. 차마 거절은 못하고 수락은 했는데, 익숙치가 않아서 영… 시상식은 재미있었다. 독립영화제 시상식이지만 수상자 모두가 무척 감격스러워 한다. 여느 대규모 시상식 못지않게 열기가 뜨겁다. 시상식이 끝난 뒤 리셉션 장소에서는 많은 필리핀 영화인들을 만났다. 수상자를 비롯한 여러 영화사 관계자들, 올해 PPP에 프로젝트를 낸 제작자, 시네마닐라영화제 집행위원장인 티코이 아귈루즈 등등. 특히, 감독이나 제작자들은 나에게 엄청난 양의 DVD를 안겼다. 땀을 삐질삐질 흘리면서 DVD를 열심히 가방 속에 담아두니 무게가 만만치 않다. 그래도 즐거운 마음으로 작별인사를 하고 호텔로 돌아와 급히 짐을 쌌

영화 〈100〉

영화 〈제이〉

다. 비행기 시간이 새벽 3시 반. 이렇게 늦은 시간(혹은 이른 시간)에 비행기를 타기도 처음이다.

올해 필리핀영화는 생각 이상으로 성과가 뛰어나다. 시네말라야국제영화제가 지난 4년간 투자해 온 노력의 결실이 벌써 열매를 맺고 있는 것 같다. 〈100〉과 〈제이〉, 〈베이비 앙헬로〉, 〈안동〉, 〈신만이 아신다〉 등 경쟁부문에서 정말 좋은 작품들을 발견할 수 있었고, 아우라에우스 솔리토, 아돌포 알릭스 주니어, 메스 구즈만 등 탁월한 재능을 가진 감독들의 신작도 만날 수 있었다. 바야흐로 필리핀영화는 리노 브로카, 이슈마엘 베르날 이후 새로운 황금기를 앞두고 있는 것으로 보인다. 올해 우리 영화제에서 그 전조를 선보일 수 있게 되어서 무척 기쁘다. 그것도 대부분 인터내셔날 혹은 월드 프리미어로 소개될 것이다.

249

**도쿄
필름엑스
영화제**
08.11.22.–08.11.30.

[출장기]

11월 24일 월요일

도쿄필름엑스영화제는 올해로 9회째를 맞는 작가영화 중심의 영화제로, 기타노 다케시의 오피스 기타노의 적극적인 후원 아래 시작되었다. 지금도 스폰서의 상당 부분을 후원해 주고 있다. 예산을 직접 지원해 주는 것은 아니고, 기타노 다케시가 모델로 출연하는 기업들의 후원을 유도하는 방식을 취하고 있다. 그래서 영화 상영 전에 기타노 다케시가 출연하는 CF가 늘 상영된다. 나는 1회 때 심사위원을 맡은 이래로 단 한 번도 빠지지 않고 참가해 왔다.

나에게 이 영화제가 유용한 이유는 상영작 때문만이 아니다. 상영작 중 아시아영화는 이미 대부분 본 작품들이다. 대신 영화제 기간 중에 '인더스트리 스크리닝'을 여는데, 90여 편의 신작을 DVD로 볼 수 있다. 이 DVD는 영문 자막이 들어가 있으며, 미개봉작과 독립영화 들이 대부분이다. 이들 작품을 보면서 하반기 일본영화의 흐름을 점검하는 것이다.

숙소인 긴자의 프레소 인 호텔에 도착한 시간이 3시경. 일단 짐을 프론트에 맡겨놓고 영화제 임시사무실과 메인 극장이 있는 아사히 홀로 갔다. 하야시 가나코 집행위원장과 이치야마 쇼조 수석 프로그래머와 인사 겸 영화제 진행 상황에 대한 이야기를 들은 다음 아사히 홀 극장에서 경쟁부문 초청작 구마키리

가즈요시의 〈논코〉를 보았다. 최근 오사카 출신의 감독들이 주목을 많이 받고 있는데, 야마시다 노부히로와 더불어 구마키리 가즈요시의 재능이 널리 인정을 받고 있다. 특히, 가즈요시의 데뷔작 〈키치쿠〉는 타오르미나영화제 그랑프리를 수상하는 등 대단한 주목을 받은 작품이었다. 하지만, 이후 만든 〈하늘의 구멍〉이나 〈안테나〉 등은 베를린이나 베니스영화제 진출에도 불구하고 데뷔작만큼의 강렬한 인상을 주지는 못했다. 〈논코〉는 30대 중반의 이혼녀가 마을의 신사축제에서 가판을 벌이려는 한 노총각을 만나 벌이는 사랑과 자아 찾기를 그리고 있다. 대체로 무난한 작품이다.

저녁 식사는 올해 우리 영화제에도 참가하였던 아미르 나데리 감독, 내가 누나라고 부르는 일본 거주 이란영화인 쇼흐레 골파리안과 함께 하였다. 아미르 나데리 감독은 이란의 뉴 웨이브에서 중요한 위치를 차지하고 있는 감독으로, 올해 〈라스베가스의 꿈〉으로 베니스영화제 경쟁부문에 진출한 바 있다. 우리

251

| 아미르 나데리 감독과 쇼흐레 골파리안

영화제 기간 중에는 '아주담담'에 초청하기도 하였는데, 안타깝
게도 대중의 호응을 크게 얻지는 못했다. 아미르 나데리 감독은
수많은 영화제를 다녀봤지만, 부산영화제 관객만큼 훌륭한 관객
을 본 적이 없다며 칭찬을 거듭했다. 아미르 나데리 감독은 학교
를 전혀 다니지 않았지만, 매우 지적이며 영화에 대한 열정이 넘
쳐흐르는 인물이다. 그의 작품 〈달리는 아이들〉은 국내 TV에
서도 소개된 바 있으며, 우리 영화제에서는 지난 2006년에 회고
전을 연 바 있다. 그와의 식사시간은 밤늦게까지 이어졌다. 압바
스 키아로스타미, 에브라힘 포르제쉬 등과 동년배인 그로부터 들
은 이들 감독의 데뷔 시절 이야기는 흥미롭기 이를 데 없었다. 이
들이 함께 있었던 카눈(어린이 청소년 지능개발 연구소) 시절의 이야기
는 이란의 뉴 웨이브의 배경을 새롭게 인식하는 계기가 되었다.
특히, 카눈의 창립자 피루즈 쉬르반루의 존재를 알게 된 것이 큰 소득이었다. 쉬르반루는 말하자면 현대 이란예술의 대부와도 같은 인물이다. 유럽에 유학하여 막시즘을 공부한 그는 귀국하여 교육과 문화사업을 하다가, 저 유명한 국왕암살미수 사건을 주도한다. 팔레비왕조의 두 번째 왕인 모하마디 레자 샤 팔리비 왕을 암살하려다가 실패하고 체포된 것이다. 그런데 뜻밖에도 팔레비 왕은 그를 살려둔다. 왕이 그를 살려둔 이유는 두 가지 설이 있는데, 하나는 쉬르반루와 가까운 친구 사이였던 왕비의 간청 때문이었다는 설, 또 하나는 왕이 그의 재능을 아껴서 살려두었다는 설이 그것이다. 아무튼 목숨을 구한 쉬르반루는 문화교육사업에 매진하기로 하고 정부에 요청을 하여 카눈을 설립하였다. 이 카눈에서 일을 하면서 감독이 된 이들이 바로 압바스 키아로스타미, 에브라힘 포르제쉬, 아미르 나데리 등이며 이들은 모두 이란 뉴웨이브의 선구자가 되었다. 그 출발점도 자의가 아닌, 쉬리반루의 권유에 의해서였다. 쉬르반루는 어린이영화제를 만들기로 하고, 당시 CF 경험밖에 없던 키아로스타미 등에게 영화 만들기를 종용하였던 것이다. 그리고 그들이 누구의 간섭도 받지 않고 원하는 대로 영화를 만들 수 있도록 적극 후원해 주었다고 한다. 그런데 쉬리반루의 관심은 여기서 끝나지 않았다. 미술, 음악, 무용 등에까지 영역을 넓혀 젊은 예술가들을 발굴해 냈고 그들이 오늘날의 이란예술을 이끄는 중추세력이 되었다. 하지만, 안타깝게도 쉬리반루의 업적에 대해서는 아직 제대로 조명이 되지 않고 있다고 한다. 이러한 소중한 정보는 결코 책에서는 구할 수

없는 것들이다. 아미르 나데리와의 저녁은 그렇게 시간 가는 줄
모르고 흘러가고 있었다.

11월 25일 화요일

　　내서날 필름센터의 비디오룸은 오전 11시에 문을 연다. 느긋하게 비디오룸으로 가서 신작 DVD 목록을 살펴보니 도쿄영화제 상영작들이 꽤 있다. 먼저, 올해 도쿄영화제 어스 그랑프리 Earth Grand Prix 관객상과 심사위원상을 받은 마에다 테츠의 〈돼지가 있는 교실〉(일본)을 보았다. 초등학교 6학년 아이들이 선생님이 가지고 온 돼지를 키우며 벌어지는 이야기를 다루고 있는 작품이다. 후반부에 키워서 잡아먹기로 한 애초의 계획을 지킬 것인가 말 것인가를 놓고 아이들이 벌이는 토론이 매우 흥미롭다. 하지만, 2개 부문 수상까지 했다는 것에는 고개를 약간 갸웃거릴 수밖에 없다.

　　오늘은 비디오룸이 문을 여는 첫날인데, 점심시간에 트레이드 매거진 '버라이어티'가 약간의 음식을 준비하여 소박한 오픈식을 열었다. 덕분에 바깥에 나가지 않고도 점심을 때워 시간을 절약할 수 있다. 게스트 중에 상파울루영화제 집행위원장인 레온 카코프와 뉴욕 아시아영화제 프로그래머인 마크 윌코와 많은 이야기와 정보를 주고받았다.

　　오후에는 아사히홀로 건너가 경쟁부문 초청작인 주야오우의 〈오이〉(중국)를 보았다. 이 작품은 올해 우리 영화제 출품

작이었지만, 안타깝게 탈락시킨 작품이다. 북경 서민들의 고단한 일상을 그리고 있는 작품으로, 감독의 다음 작품을 기대해 보는 정도이다. 이어 저녁에는 홍상수 감독의 〈밤과 낮〉을 다시 한 번 보았다. 일본 관객들의 반응이 궁금해서였는데, 객석은 꼭 찼지만 예상대로 반응이 미지근하다. 국내에서는 웃음이 터지는 장면에서도 조용하기 이를 데 없다. 긍정적으로 평가하자면 진지하게 영화를 본다는 것인데, 그래도 우리 영화제 관객과 비교하면 너무 점잖다.

이곳 영화제에는 국내의 영화제 관계자들도 참가하는데, 올해는 부천영화제 권용민 프로그래머와 전주영화제 조지훈 프로그래머가 와 있다. 〈밤과 낮〉 상영이 끝난 뒤 다 함께 늦은 저녁을 하면서 영화제 운영의 어려움에 대해 많은 이야기를 나누

인더스트리 스크리닝 비디오룸 오픈식

었다. 말 그대로 '동병상련'이다. 외부에는 말 못할 어려움을 서
로 토로하면서 위안과 격려를 주고받는 것이다.

11월 26일 수요일

　　오늘도 내서날 필름센터에서 일과가 시작된다. 먼저 나
카하라 슌의 〈벗꽃동산〉. 바이올리니스트의 꿈을 접고 시골 학
교로 전학 온 유키는 우연히 폐쇄된 학교 건물에 들어가 희곡노
트를 발견하게 되고, 학우들과 함께 무대에 올리기로 한다. 하지
만, 선생님들의 극렬한 반대에 부딪치는데. 나카하라 슌 감독이
1990년에 발표한 작품을 18년 만에 리메이크한 작품인데, 별로
새로워 보이지는 않는다. 이어 사토 사키치의 〈버드랜즈〉를 보
았다. 사토는 〈도쿄 좀비〉로 주목을 받았던 감독이다. 〈버드
랜즈〉는 장편 극영화 데뷔에 실패한 독립영화 감독이 매력적인
여고생을 만나 그녀와 함께 영화를 찍으면서 벌어지는 해프닝
을 그리고 있다. 역시 판타스틱영화제에 어울릴만한 영화이다.

　　나이토 다카츠구의 〈어두운 항구〉는 블랙코미디이다.
일본의 피아영화제의 제작비 지원작으로 내년 초에 열리는 로테
르담영화제 경쟁부문 진출작이다(참고로, 내년 로테르담영화제 경쟁부
문에는 올해 우리 영화제 월드 프리미어 작 세 편이 이미 진출해 있다. 이 중에
두 편은 한국 작품이다. 작품명은 나중에 공개). 한적한 일본의 어느 항
구. 주민들은 대부분 노인들이고, 그나마 젊은 남정네들은 결혼
을 못해 노총각이 태반이다. 어느 날, 도시 처녀들이 이곳으로 집

단 맞선을 보러 오는데, 주인공은 실패를 거듭한다. 그러던, 어느 날 아이와 함께 마을에 들어온 중년의 여인을 만나 동거를 시작한다. 하지만, 그녀의 욕심은 다른 데 있었으니… 일본의 블랙코미디는 나름이 형식이 있다. 이 작품 역시 그러한 전통을 크게 벗어나지 않는데, 타이어 바람 새는 것 같은 웃음을 선사하는 것이다. 반면, 페이소스는 빠지지 않는다. 영화는 돈 잃고 사랑까지 잃은 노총각을 동정하며 끝을 맺는다.

저녁에는 우리 영화제의 일본영화 어드바이저인 양시영 씨 부부를 만나 저녁을 같이하였다. 긴자의 구마모토 음식 레스토랑인데, 맛이 괜찮다. 해서, 나의 단골 식당 메뉴에 포함시킨다. 저녁 식사 중에 지아장커의 영화사인 엑스트림의 제작자인 초우컹과 그의 아내이자 감독인 에밀리 탕, 도쿄필름엑스영화제의 이치야마 쇼조 프로그램 디렉터를 만나 인사를 나누었다. 에밀리 탕의 신작 〈퍼펙트 라이프〉는 올해 우리 영화제 초청작이었다. 해서, 에밀리 탕이 매우 반가워한다. 양시영 씨와는 늦은 밤까지 내년도 일본영화 라인업에 대한 많은 이야기를 나누었다.

11월 27일 목요일

오전 11시. 다시 내셔날 필름센터의 비디오룸을 찾았다. 하야시다 겐타의 독립영화 〈브룰리〉가 첫 작품이다. 헤어져 살던 쌍둥이 자매가 다시 재회하고, 어린 시절의 쓰라린 기억 때문

257

에 집에 불을 지르고 도주한다. 이후 영화는 로드무비의 형식을 띤다. 그리고 둘은 서로의 존재를 깨닫고 진정한 가족이 된다. 독립영화다운 패기와 실험정신에 점수를 줄 만한 영화이다.

점심은 NHK 엔터프라이즈의 무라타 치에코, 쇼흐레 골파리안과 함께 하였다. 나의 오랜 단골인 일본식 돈가츠 식당 '렌가테'(역사가 100년이 넘은 식당이다)로 데려가서 굴튀김을 사주었더니, 감탄을 거듭한다. 무라타 치에코는 올해 PPP 프로젝트인 이상일 감독의 〈반도를 떠나며〉 제작을 준비 중이다. 시나리오는 이미 탈고했고 캐스팅 중인데, 한국배우와 한국 로케이션 촬영지를 물색 중이라고 한다. 다시 내서날 필름센터로 돌아와 애니메이션 단편 컬렉션을 본다. '오픈아츠 애니메이션 컬렉션'이 그것으로, 몇몇 작품이 눈에 들어온다.

다음은 리스트에도 없는 막 완성된 신작 유타카 야마자키의 〈토르소〉. 토르소는 팔과 다리가 없는 조각을 뜻하는 말인데, 일각에서는 재질을 좀 달리하여 섹스 토이로 쓰기도 한다. 영화는 남자와 잘 어울리지 못하는 노처녀의 성적 욕구와 동생과의 관계를 이야기하는 심리드라마로, 꽤 괜찮다. 이 정도면 내년 상반기 어느 영화제에 초청은 받을 것 같다. 다음은 다케오 기무라 감독의 데뷔작 〈꿈에서 깨어〉. 영화학교의 교장인 주인공이, 전쟁을 소재로 작품을 만들려고 하는 제자와 태평양전쟁의 트라우마를 안고 살아가는 아내와의 이야기를 병행하는 드라마인데, 문제는 감독이다. 다케오 기무라 이분 연세가 올해 90

聴こえない耳に、はじめて、音楽がとどいた−。

영화 〈아제미치 길〉

이신데, 90세의 연세에 데뷔작을 만드신 것이다. 원래 이분은 프로덕션 디자이너로 유명하신 분인데, 수상경력도 화려하다. 지금은 니카츠의 영상예술아카데미의 원장직을 맡아 후학을 가르치고 있다. 작품 자체는 두드러지지 않지만, 아무튼 노익장에 놀랄 수밖에 없다.

마지막으로 본 작품은 후미에 니시가와의 〈아제미치 길〉. 소리를 들을 수 없는 소녀 유키가 우연히 댄스팀에 들어가게 되고, 갖은 노력과 갈등 끝에 꿈을 이루어 간다는 내용을 담은 전형적인 청소년 드라마이다. 청소년영화제에 딱 어울릴 만한 작품이다. 저녁에는 '인더스트리 스크리닝'을 책임지고 있는 스탭들 몇 명을 초청하여 신주쿠에서 식사를 함께하며, 이런저런 이야기와 정보를 나누었다. 그런데 서빙하는 아가씨의 낯이 매우 익다. 잠시 후, 곧 기억이 떠올랐다. 그녀는 고바야시 마

259

사히로의 〈베이싱〉에서 주연을 맡았던 후사코 우라베. 일본에
서는 매니지먼트 회사에 소속되어 있지 않는 배우들의 경우 연
기 외에 여러 가지 일을 많이 한다는 이야기를 들은 바는 있지
만, 2005년도 칸국제영화제 경쟁부문 초청작 〈베이싱〉의 여
주인공이 신주쿠의 이자카야에서 서빙을 하고 있으리라고는 상
상을 못했다. 나의 만류에도 불구하고 히로미 아이하라는 그녀
를 불러 잠깐 이야기를 나눈다. 그녀는 원래 연극배우이며, 지
난 5월에는 재일동포 희곡작가 정의신 씨가 희곡을 쓰고 양정웅
씨와 공동연출을 맡은 〈야키니쿠 드래곤〉의 서울공연에 출연
하기도 하였다고 한다. 그리고 이곳에서는 10년 넘게 일을 하고
있다고 한다. 그동안 영화에도 꾸준히 출연해 왔는데 〈금발의
초원〉, 김승우 주연의 한일 합작영화 〈컬링 러브〉 등에도 출
연한 바 있다. 자기 주관이 뚜렷하고, 멋진 삶을 사는 배우라는
인상을 강하게 받았다.

11월 28일 금요일

오늘은 '인더스트리 스크리닝'의 마지막 날이다. 다카기
슌이치의 독립영화 〈도시의 꿈〉은 가출한 소녀가 인터넷 카페
에서 만난 중년의 남자와 정서적 교감을 나누는 이야기를 그리
고 있는 작품으로, 별 감흥이 없다. 시노하라 테츠오의 〈야마자
쿠라〉는 지난 5월에 이미 개봉한 작품이다. 엇갈린 사랑과 기
다림을 이야기하는 시대극인데, 신파조의 이야기에도 불구하고

연출은 깔끔하다. 이어 이치가와 준의 〈바이 어 수트〉. 47분의 중편으로, 지난 9월 갑자기 타계한 이치가와 준의 유작이다. 도쿄의 서민적인 공간을 배경으로, 피곤한 삶을 이어가는 사람들의 대화를 중심으로 이끌어 가는 사적 영화이다. 실력파 감독의 타개가 안타깝다.

저녁에는 긴자의 이자카야에서 조그만 파티가 있었다. 마침 '인더스트리 스크리닝'의 총책임자인 히로미 아이하라의 생일이기도 하고, 그녀가 일본 독립영화의 해외 프로모션을 지원하는 '유니재팬'을 떠나는 마지막 날이기도 해서 친구들과 영화제 게스트들이 모여 파티를 연 것이다. 참가자 모두가 각 3,000엔씩 파티비용을 내야 한다. 나는 생일케이크 하나를 사들고 가서 히로미의 생일을 축하해주었다. 이 파티에는 많은 일본의 독립영화인들이 모였다. 사토시 나가노, 스즈키 마도카, 후카다 코지, 유키코 소데 등은 자신의 신작 DVD를 내게 내민다. '인더스트리 스크리닝'에서 미처 보지 못했던 작품들도 꽤 있다. 12시경, 파티가 끝날 무렵에 아이하라와 동료들은 파티비용이 남았다며, 1,000엔씩을 돌려준다. 참, 징한 사람들이다. 해서, 아이하라와 양시영 씨와 함께 따로 자리를 옮겨 더 많은 이야기를 나누었다. 도쿄 출장을 그렇게 마무리한다.

261

jiseok is
on a business trip.

Copyright ⓒ 2022 부산국제영화제

부산국제영화제
48058 부산시 해운대구 수영강변대로 120,
영화의전당 비프힐 3층
대표전화 1688-3010, 팩스 05-709-2299
e-mail forum@biff.kr
www.biff.kr

펴낸이 이용관, 허문영
저자 김지석
편집 박도신, 박선영
자료조사 옥승희
도움주신 분들 이호걸, 박성호, 김성한, 김예인
출판 제작 호밀밭